LA VIE DEVANT NOUS

LA VIE DEVANT NOUS

Recueil de textes de personnes détenues et de membres du personnel pénitentiaire

LIRE POUR EN SORTIR
La réinsertion par la lecture

Les Presses de la Cité

92, avenue de France – 75013 Paris
ISBN 978-2-258-20136-1
Dépôt légal : novembre 2022

Écrire, c'est très dur,
avec de grandes fenêtres de joie.

Andrée Chedid

Sommaire

Textes sélectionnés de personnes détenues et de membres du personnel pénitentiaire

Préface

Mars 2020. Le monde entier se retrouve confiné. Des milliards d'êtres humains font l'expérience de l'enfermement, de la perte de la notion du temps, du désœuvrement. Pour certains, c'est l'isolement, l'angoisse, les tentations suicidaires. Privés de la visite de leurs proches, assommés par des informations anxiogènes, les détenus sont, eux, plus isolés que jamais. C'est dans ce contexte que Lire pour en Sortir a réussi à organiser, à une vitesse record, un concours d'écriture ouvert à tous. Il nous semblait que cet exercice, très libre sur la forme comme sur le fond, offrirait aux détenus l'occasion de s'exprimer, de partager les émotions qui les traversaient. Mais je crois qu'aucun d'entre nous ne s'attendait à une telle réussite. Non seulement le concours a mobilisé mais il a donné lieu à des textes si riches et originaux que nous avons décidé de continuer l'aventure.

En 2021, le thème était inspiré d'un roman d'Émile Ajar : *La Vie devant soi*. À des hommes et des femmes enfermés, pour qui l'avenir est un sujet permanent d'angoisse, nous voulions donner l'occasion de rêver et de nourrir de l'espoir. Là encore, nous avons reçu beaucoup de textes. Des poèmes, des nouvelles de science-fiction, des récits de facture plus classique. Pendant la réunion de délibération du jury, que j'avais la joie de présider, je me souviens de combien nous avons ri. Nous étions heureux et passionnés, chacun défendant mordicus un texte qu'il avait aimé. Nous étions tous impressionnés par l'imagination débordante de ces écrivains en herbe, par leur liberté créative, par la force des images. Bien sûr, beaucoup de textes traitaient de la violence, de l'angoisse de la solitude ou du vieillissement. Étrangement, certains décrivaient la prison comme un lieu protégé, une sorte d'île que le virus ne pourrait pas atteindre. Ces textes, par leur poésie, par les capacités d'expression de leurs auteurs, brisaient tous les clichés que l'on peut avoir sur la prison et démontraient le besoin viscéral d'être lu, entendu, considéré.

Ici, je voudrais vraiment remercier tous ceux qui ont permis la réussite de ce concours d'écriture. Les équipes de Lire pour en Sortir bien sûr mais aussi le personnel pénitentiaire, les directeurs de prison qui ont accueilli cette initiative avec beaucoup d'enthousiasme, les journalistes qui ont permis de faire connaître ce prix.

On demande souvent aux écrivains : pourquoi écrivez-vous ? C'est une question si vaste et si vague qu'il est en réalité impossible d'y répondre. Mais chaque écrivain sait ce qu'écrire a de libérateur. Il sait ce qu'apporte cette intimité avec les mots et la jubilation que contient le fait de pouvoir raconter une histoire. C'est cette joie que nous avions envie de partager avec les détenus. Écrire pour en sortir.

Leïla Slimani
Marraine de Lire pour en Sortir

TEXTES DE PERSONNES DÉTENUES

LAURÉATS

Écrire c'est une respiration !

Julien Green

Portrait de Nat Jarni
Grand Prix du jury

Je n'ai pas pu rencontrer Nathalie dans la prison où elle est détenue. Mais un matin de mars, j'aperçois son visage sur l'écran de mon ordinateur. « Vous m'entendez ? » s'inquiète-t-elle. Oui, je l'entends parfaitement et, surtout, je vois le sourire qui illumine son visage rond, entouré de cheveux bruns coupés court. « Je suis si heureuse », dit-elle.

Si nous nous parlons aujourd'hui, c'est parce que Nathalie, soixante ans, a gagné le Grand Prix du jury pour sa nouvelle sur Hildegarde de Bingen, une moniale bénédictine du XIIe siècle, qui fut aussi musicienne et poète. Après l'avoir félicitée, je lui confie la surprise du jury à la lecture de ce texte érudit et écrit dans un style classique et travaillé. Nathalie se met à rire. C'était la première fois qu'elle écrivait une nouvelle et elle l'a fait sans y penser. Elle a vu une affiche concernant le concours dans la bibliothèque où elle travaille. Elle a tenté sa chance sans trop y croire.

Parfois, elle se dit qu'elle pourrait continuer l'histoire. Ça lui plairait que l'héroïne aille en France, à Montpellier, où il existait une université prestigieuse au Moyen Âge. Elle y rencontrerait quelqu'un de la communauté juive dont elle tomberait amoureuse. Mais Nathalie se reprend. « Quand on sait ce qui existe, on se dit : à quoi bon écrire ? La première fois que je suis allée à la Bibliothèque nationale, ça m'a fait un drôle d'effet de voir autant de livres. »

Cette passion pour le Moyen Âge, Nathalie la doit à son ancien métier d'archéologue médiéviste. Une profession qu'elle a découverte par hasard, lors d'un voyage à Athènes où elle s'était rendue, l'*Odyssée* d'Homère dans la poche. En visitant les sites du Parthénon et de l'Acropole avec un archéologue, elle est éblouie.

Elle se rend à l'École française, portée par l'enthousiasme, pour prendre des renseignements. « Ils ont ri quand je leur ai dit que je voulais m'inscrire à des cours d'archéologie ! » Mais le hasard fait bien les choses et à son retour à Paris elle apprend qu'un chantier archéologique est ouvert et présente sa candidature. Elle commence donc sur le terrain, comme archéologue fouilleur qualifié. « C'est un métier passionnant, on ne sent pas la fatigue, on vit un peu dans un autre univers. » À plusieurs reprises au cours de notre entretien, Nathalie évoque son envie d'apprendre, sa curiosité, son appétit pour la connaissance. Fouiller, creuser, chercher à comprendre, voilà ce qui semble la motiver. « Quand on fouille, qu'on descend strate par strate, on se pose des questions sur sa propre vie, sur sa personnalité, il y a des choses qui se révèlent. Mais quand les choses ne vont plus, quand on sombre dans le désespoir, on ne peut plus fouiller en soi. Le raisonnement, le bien et le mal, tout cela devient complètement confus. On ne sait à quoi s'accrocher, comment faire, à qui parler. »

Depuis qu'elle est incarcérée, elle a obtenu des certificats et elle a écrit des mémoires sur des tableaux. « La curiosité m'a sauvée. » En ce moment, elle travaille sur le thème de l'attente et la façon dont un peintre comme Georges de La Tour l'a figurée. Bien sûr, reconnaît-elle, ce thème fait écho à ce qu'elle vit. « L'emprisonnement c'est l'attente. De la liberté, de l'aube, de la sortie. » Je lui demande si elle pense beaucoup à la sortie et si cela l'inquiète. « La sortie ? Il paraît que c'est surtout dans les derniers mois que c'est angoissant. J'ai perdu beaucoup d'amis parce que je suis incarcérée. Mais je me dis qu'en sortant on se fera d'autres amis, qu'il y aura d'autres histoires. C'est compliqué d'en parler. On essaie de faire attention, de ne pas craquer car on fait partie d'une communauté et il faut penser aux autres. » Les autres justement. Elle me confie que pour certaines femmes, l'extérieur est une menace et la prison apparaît comme un lieu qui protège de la violence du dehors. « Certaines disent que ce qui les a fait plonger c'est de ne pas avoir su attendre justement. Elles ont explosé. Mais bon, l'attente ça demande beaucoup d'humilité. Il y a des gens qui ont attendu toute leur vie et qui n'ont jamais pu compter sur les autres. »

À Fleury, où elle a d'abord été incarcérée, elle a obtenu un diplôme de bibliothécaire. En sortant, elle voudrait continuer : faire des animations de bibliothèque ou sillonner la France dans un bibliobus. Elle avoue être une lectrice plutôt lente, contrairement à d'autres détenues qui dévorent une dizaine de livres en quinze jours. Elle essaie de partager son amour de l'art avec ses codétenues mais, en prison, ce sont surtout les films et la musique qui ont du succès. « J'ai besoin de savoir comment sont faites les choses, alors ça peut me prendre un bon mois pour lire un livre. En prison, j'ai découvert René Char mais aussi Isaac Bashevis Singer et Leïb Rochman. J'aime leur façon de parler de leur communauté. » Entre détenues, on parle beaucoup des origines. Elles ont besoin de faire partie d'une communauté : on fait la cuisine ensemble, on rit d'un même humour, on parle une autre langue.

Depuis son fauteuil dans la bibliothèque, elle peut voir le jardin où travaillent les détenues en formation. C'est là qu'elle a eu l'idée de son texte sur Hildegarde qui, dans son cloître, observe aussi un jardin par la fenêtre. Passionnée de musique, elle s'est souvenue de ses cours sur les bases acoustiques dans les édifices religieux du Moyen Âge. « Depuis toujours je suis subjuguée par cette femme qui a traduit en musique ses visions mystiques. » Nathalie, elle, écrit des livrets d'opéra. « Quand j'écris, il faut que ce soit en musique. »

Leïla Slimani

Bingen

Nat Jarni

En cette année de grâce 1163, nous sommes au printemps et le jardin des simples me donne beaucoup de travail, et puis je suis surveillée, même avec bienveillance par Hildegarde pour qui cette récolte doit produire beaucoup de fioles d'élixir pour l'hospital. Il est sept heures et devant moi la rosée a perlé la toile d'araignée entre deux tiges d'angéliques neigeuses. Les mains me brûlent par les orties ramassées pour la soupe de Carême. D'autres sœurs vont me rejoindre mais c'est parce que j'ai treize ans que je travaille plus dur. Mon corps est en train de changer, mes seins s'alourdissent et j'ai mal au ventre depuis quelques nuits. Je m'appelle Sofi mais la Mère m'appelle Magdala et je ne sais pas encore pourquoi. Je m'arrête pour regarder le ciel bleuir ; notre campagne est richement arborée et giboyeuse. Au-dessus des chênes des oiseaux dansent lentement. Des chênes nous prenons la galle pour en faire de l'encre ferrogallique pour les manuscrits. J'ai proposé cela pour celles qui savent bien écrire ; moi je sais juste noter quelques noms de fleurs et l'adresse du couvent. Les jours passent si vite mais les nuits j'ai toujours peur. C'est rassurant d'entendre les sœurs se lever avant l'aurore. Il y a parmi elles des chanteuses exemplaires mais elles ne parlent pas, pas à moi, pas aux villageois. C'est Mère Hildegarde qui les préserve. Je sens bien que je ne suis pas si intelligente qu'elles, mais j'arrive à travailler au jardin où je peux me cacher pour pleurer surtout après avoir observé, seule, les étangs dans la brume où nos chevaux se baignent.

J'ai tellement de questions, je pleure de mon ignorance, cela me fait mal dans la poitrine et je m'évanouis. Je m'évanouis souvent. Un jour, quand l'évêque a dit à

Hildegarde qu'elle serait reçue par le pape et que ses yeux se sont embrumés, moi j'ai pleuré pour elle qui ne voulait pas montrer sa joie. Elle dut remonter le Rhin pendant des jours. Je m'y baignais petite et j'ai failli me noyer car je voulais atteindre l'autre rive toute seule.

« Sofi, allez ne rêve pas ! Je te vois ! » cria sœur Gertrude qui porte des plants de bourrache. Elle me fait aller promptement en cuisine ranger les cueillettes matinales. Comme j'aime goûter les oublies, le miel et les galettes d'épeautre, mais ça, c'est quand le Carême sera terminé ! Je dépose bien vite ma collecte puis on me dit que je suis attendue par Mère Hildegarde. J'ai peur et le cœur bat trop vite comme quand je cognais à la portière après l'incendie de l'atelier de mes parents. Mon père était peintre – c'est lui qui a peint la danse macabre de la chapelle. Ma mère était brodeuse quand elle allait bien, mais un démon l'habitait ; on m'a dit que c'était elle qui avait mis le feu à l'atelier. Mon père livrait les dessins et cartons peints aux sœurs pour broder les antependiums (je notais bien ce nom qu'enfant je prononçais « lente pendue », ce qui me donnait une image macabre mais la mort, je la connaissais bien, elle traversait tous mes cauchemars, je pensais même qu'elle avait fondé mon destin et m'accompagnerait toute ma vie).

J'arrive avec prudence dans le réfectoire, la peur au ventre. Mère Hildegarde me fait peur, par sa clairvoyance surtout. Je pense que j'ai à confier mes maladresses, mais pas au réfectoire ! J'ai dû encore oublier de porter la garance au teinturier, quoi encore ? J'étais lasse à l'avance de la punition et je suis bien prête à m'enfuir si elle était trop dure. Au loin, je la vois, elle est seule et en attendant que je m'approche d'elle, elle caresse sa croix sur sa poitrine.

Elle ne souriait pas, elle est toujours grave et courtoise. Elle savait qu'au tréfonds de moi-même il y avait un vide qui pesait plus lourd qu'une pierre. D'un ton sévère elle me dit : « Demain, tu vas aller chanter avec Sœur Anna ! » Silence. Ma bouche close de stupeur et je pense, mais comment ? Abasourdie je l'écoute encore.

Elle poursuit : « On t'a entendue chanter derrière les haies d'églantiers l'autre jour. » Et là, je me sentis trahie, le chant c'était mon secret. Je chantais en cachette les chants de l'Extase, par cœur, car je les avais écoutés également au-dehors de la nef, même l'hiver. Les voix étaient si claires, hautes, j'avais le vertige de les imiter et parce que je savais que je n'y aurais jamais accès. Entendant la nouvelle, là aussi, je fus prise de vertige.

« Mais ma Mère, je ne sais pas… – Tu ne sais pas quoi ? coupa-t-elle. Il faut choisir la vie, le travail et le dépassement tout en étant mesurée, tu vas essayer, mais, en attendant, retourne au jardin ! »

Je sors en courant, bondis sur les pavés, je cours, je cours et chute près de la fontaine, me relève et plonge mes mains dans l'eau froide, puis mon visage. Peu importe, il m'est arrivé l'impensable. Je me cache dans l'herbolarium sous mes bottes d'herbes qui séchaient suspendues à une poutre exhalant leur parfum au gré du vent coulis qui entrait par la porte. Puis, soudain, c'est le trou noir.

Au crépuscule, des sœurs portaient des lampes et me trouvaient. Elles me conduisent jusqu'au lit de l'hospital, tirent de lourds rideaux. Je ne sentais plus mes jambes. Avec un ton soutenu, Hildegarde dit : « Allons prier pour elle et demain nous déciderons ! »

J'entendais au loin ces paroles, puis je m'endormis. À l'aube, on vint me chercher pour assister à l'office. C'est la première fois. Sœur Gertrude se dirige vers l'autel, pose des chandeliers aux deux extrémités et se penche vers un coffre pour chercher les chandelles et un fidibus soufré pour les allumer à la lampe perpétuelle dont la lueur rouge brille près du crucifix central. Puis elle reprit la bonne distance. Sereine et tranquille, Sœur Anna m'invite à m'asseoir à côté d'elle, j'avais une alliée. Je pensais plutôt au travail qui m'attendait parmi les herbes et les plantes sauvages qui proliféraient. Dehors j'entends des clameurs, des sabots qui frappent les pavés. Des ombres s'installent dans le fond, puis ce fut le silence.

Les murs de la chapelle écoutent nos respirations. Je ne me sentais ni enfermée, ni impatiente, je n'avais pas peur, je voulais rester là jusqu'à ma mort, pensai-je. Huit voix se sont élevées en même temps par un geste léger d'Hildegarde. Des couleurs se sont mises à jaillir sur les pierres, c'était comme des gemmes d'émeraude, de rubis, de saphir. Debout, scrutant le regard de la Mère supérieure, elles, toutes droites, bien ancrées au sol, la mélodie émanait d'elles avec une douce force. Chacune orgueilleuse et faible par moments se dressait face aux ténèbres et là, j'ai compris en les écoutant ce qu'Hildegarde me disait en me regardant droit dans les yeux :

« Tu as la vie devant toi ! »

GRAND PRIX DU JURY

La vie devant soi

Anonyme

Le plafond est blanc, mais le ciel est gris. Les murs sont blancs, mais les horizons sont gris. La salle est blanche, mais son contenu est gris. C'est une maladie incurable que l'on attrape inexorablement, en restant dans un lieu comme celui-là. Désormais incapable de discerner les couleurs, je cerne le monde uniquement par ses nuances. Malheureusement, j'ai peur que l'infection se prolifère et se propage ailleurs que dans les yeux…

Cela doit faire au moins cinq minutes que je n'écoute plus le médecin. «… il va donc peut-être falloir prendre… » Le médecin hésite avec ses mots. « Il va falloir peut-être, reprend-il en changeant l'ordre des mots, prendre des mesures plus radicales pour vous aider à surmonter cette maladie. » Je me demande combien de temps cela va encore durer. « Vous savez, de nos jours, la médecine est beaucoup plus capable qu'auparavant. » Je vois mes yeux être attirés par la fenêtre fermée, encastrée dans le mur du fond, curieusement. « Vous pouvez vous rassurer, ce qui est sûr, c'est que la maladie n'est pas incurable, du moins pas à ce stade. » J'entends mes oreilles qui reçoivent les mots lents et dûment mâchés du médecin, bizarrement. « Vous devrez avant tout faire une radiographie pour s'assurer de tout cela et des éventuelles proliférations. » Je ressens l'air distillé de la pièce sans couleur qui s'embrume autour de moi, étrangement.

« Mais… dit le médecin qui soudainement exhale un air plus grave en baissant les yeux, je vais être honnête avec vous puisque c'est ce que vous m'avez demandé, à votre âge, avec cet environnement, madame, il vaudrait mieux se préparer. » Se préparer ? À quoi donc ? À quoi bon… « Est-ce que… » commence-t-il en se penchant légèrement vers moi. Je vois ses yeux qui cherchent les miens, une réponse en eux je pense. Sur cet élan, je décide de dire « Pourriez-vous me rendre un service ? La radiographie, pourriez-vous me l'envoyer ? » Je ne sais pas ce qui m'a pris, mais je ressens le besoin de la voir. Le médecin semble surpris. Il me répond oui, dès qu'il le pourra. Il ajoute que je la recevrai d'ici quelques jours. Avec effort, je me suis levée. J'ai quitté la pièce pour rentrer dans ma cellule.

Quand on a mon âge, les couloirs peuvent sembler longs. Quand on a mon vécu, les couloirs semblent interminables. Et quand on a ma maladie, les couloirs on ne les voit plus. Ils sont partout.

Au début, quand je suis arrivée, j'étais seule. Je ne me rendais pas vraiment compte de ce que je faisais. Je ne me rendais pas vraiment compte de la façon dont je me comportais. Je ne faisais qu'obéir à ce qu'on me disait de faire. Je ne suivais qu'un chemin précis. Je commençais déjà à ne plus me voir. J'avançais dans ce couloir sans miroir, incapable de percevoir une once de lumière. Je n'aurais jamais osé me regarder en face. Cela aurait été une épreuve dont je n'aurais su prédire l'issue. J'avançais, sans réfléchir, sans me retourner, seule.

La première nuit a été terrible. La porte se verrouille dans un fracas métallique engorgé par deux cris stridents qui crispent le corps. La porte se change en un quatrième mur, comme pour nous séparer d'une autre dimension. Elle nous laisse là, seule avec nous-même, nous condamne au tourment et à la déperdition de l'âme. Même la lumière de la lune peine à trouver l'entrée du lieu. C'est comme si, par le verrouillage de la porte, un simple geste, on nous expédiait dans un autre monde. Un monde sans couleur, aux nuances obscures, mélangé d'odeurs grasses et âcres. Je ne sais même plus si je me suis endormie cette nuit-là. Le choc était tellement violent que le souvenir a sûrement trépassé dans l'oubli. Une émotion, cependant, m'a accompagnée jusqu'au bout : la tristesse.

De la suite, je n'ai en tête que de vagues échos. C'est étrange, le fonctionnement de la mémoire. Nous naviguons sans cesse sur le fleuve de la vie, et le sillage de notre passage ne passe pas toujours les âges. Le plus curieux est pour ce qui nous concerne nous-même. Les secondes s'écoulent comme des heures et les années comme des minutes. Le temps lui-même change de substance lorsque nous pénétrons un tel endroit. Pourtant le passé… celui qui est gravé…

J'arrive dans ma cellule. On ferme la porte à clé. Je regarde devant moi, puis je décide d'avancer de quelques pas. Sur la table blanche longeant le mur, de timides rayons de lune sont apposés. Ils se baladent suffisamment dans la pièce pour que je puisse y voir. Dans ma commode, je prends le nécessaire pour me faire du thé : un bol, une petite cuillère, une bouilloire et un sachet de thé. Je dépose le bol sur la table avec le sachet et la cuillère dedans. Je prends la bouilloire et me dirige vers le lavabo. Je place la bouilloire sous le robinet après avoir ouvert le couvercle et appuie sur le bouton-poussoir gris. Un filet d'eau transparent se jette énergiquement dans la bouilloire. Je surveille le niveau d'eau et retire la bouilloire quand il atteint la moitié. Je fais demi-tour vers la table en transportant l'eau et m'arrête. Je pose la bouilloire, prends le socle de l'appareil, son câble d'alimentation et le branche dans la prise. Je dépose la bouilloire sur son socle et enclenche l'ébullition de l'eau. Cela fait, je m'assois sur ma chaise, en face de la table. Je vois mes yeux être attirés par la lumière du voyant surgissant de la noirceur du décor. J'ai l'impression de me changer en papillon de nuit. Que mes yeux deviennent les ailes d'un papillon qui ne peut se dévier d'un chemin le menant à la lumière. Excitées compulsivement par la lueur, les ailes se rapprochent. Paradoxalement à ce désir, une autre envie, tout aussi viscérale, cherche à faire chuter les ailes au plus bas. Qu'elles atteignent le sol et qu'elles ne soient plus capables de voler. Qu'une fois à terre, il n'y aurait plus rien à faire, plus d'effort à fournir. Dans le noir, l'on se complairait et se laisserait envelopper de cette douce brume froide. De ces deux volontés, deux faces d'un même visage, l'issue, si du moins elle existe, me semble inexorable. J'imagine… Oh, la lumière s'est éteinte. Le bruit de l'interrupteur de la bouilloire m'a ramenée à la table et aux rayons de lune. Je prends la bouilloire et verse l'eau dans le bol. Je range le tout et me retrouve à boire mon thé chaleureux, toujours sous la lueur froide de la lune.

Le noir. Le silence. La solitude de sa propre compagnie. La surdité de la pièce envahit mon esprit et se transforme étrangement en une cacophonie de pensées. Je sens tous mes cinq sens à l'intérieur de ma tête me crier que je suis en vie, que cette pièce est réelle, que ce thé est chaud et que l'air est froid. Cependant, à peine quelques instants après, je ne comprends plus le sens de ces sensations. Cela, en raison de ma maladie.

Dire que l'être humain est censé être capable de s'adapter. Si je n'arrive pas à m'adapter, suis-je toujours un être humain ? Le sommeil vaincra mon éveil avant que je ne puisse trouver la réponse. À la fin, c'est le noir qui l'emporte. Hier encore. Aujourd'hui encore. Et demain, encore.

J'ouvre les yeux. J'entends déjà les pas dans le couloir, le bruit des clés. Le son du mécanisme d'ouverture et de fermeture des portes traverse les murs et m'empêche définitivement de me rendormir avant ce soir. Je rechigne et me recouvre entièrement de la mince couverture. La serrure de ma porte est atteinte par le son, mais avec une amplitude démesurée. La porte s'ouvre. Une voix gaie et féminine passe à travers ma couverture et parvient à mes oreilles : « Allez ! Debout madame ! » Je reconnais cette voix. « Vous n'allez quand même pas dormir toute la matinée ? » En quoi cela la regarde-t-il ? Si je souhaite rester toute ma vie ici, cela ne regarderait que moi. Ce n'est pas comme si j'avais vraiment le choix, d'ailleurs. « Madame, vous pourriez au moins me répondre. » Je ne peux pas lui répondre. Je ne veux pas lui répondre. « Madame, je vais entrer, dit-elle en entrant. Je vois que votre poubelle est vide. Rassurez-moi, vous avez mangé hier ? » Depuis quand s'intéresse-t-on à ce point à nous, les rejetés ? Elle en fait plus que d'habitude, pourquoi ? « Bon, écoutez, je vous laisse vous réveiller, et je reviens vous voir pour la promenade, d'accord ? » Je ne sais pas si cette femme fait exprès d'être aussi intrusive ou si elle fait son travail trop parfaitement. « Madame ? » prononce-t-elle, attendant désespérément un signe de vie de ma part avant de partir. Je décide de répondre à ses espérances en gesticulant un peu, juste suffisamment pour qu'elle sache que ce n'était pas à un cadavre qu'elle parlait. Pas encore. J'entends ses pas s'éloigner et quitter la cellule. La porte se ferme doucement. Je retire le drap de mon visage. Je me rends compte que le soleil a déposé quelques rayons sur les murs.

Par miracle, je me suis levée et suis partie en promenade. Est-ce un regain inopiné d'énergie ou le début des dernières volontés ? Je suis la file de personnes. Je marche à mon rythme. Mes oreilles fonctionnent bien. Ma respiration est normale. Mes yeux perçoivent les nuances. Tout a l'air d'aller pour l'instant. Je suis face à la porte me séparant de la cour. Je passe de l'autre côté.

Je ressens sur ma peau l'effet immédiat de l'air frais du matin. Je vois mes yeux être éblouis par le manque d'opacité de ce lieu dépourvu de toit. Le paysage devant moi est flou, décoloré et sans odeur. Si je fais un pas en avant, je crains de tomber et retrouver le noir. Peut-être, finalement, serait-ce pour le mieux ? Je me vois, à quelques pas de la porte, attendre que mes yeux s'accommodent à la clarté. J'entends soudainement une voix rauque et criarde venir de l'autre bout de la cour : « Oh ! La vieille ! » Son cri m'a saisie. Au moment même où mes yeux commencent à dessiner plus précisément les limites du paysage, cette même image se voit s'obstruer par un personnage prenant de plus en plus de place. Je la vois, ses habits de marque aux couleurs uniformes, sa démarche feutrée de prédatrice, ses longs cheveux bruns vagabonds. « Eh ben alors, on est sortie de son trou ? » demande-t-elle avec un sourire. Elle s'arrête à moins d'un mètre de moi, encombrant l'air que je respire. « T'as raison, ça fait du bien de prendre l'air, hein ? » dit-elle, toujours avec le même sourire. Puis, elle baisse les lèvres :

« T'as pas un truc pour moi ? »

Un truc pour elle ? Je n'ai déjà rien pour moi, comment pourrais-je avoir la moindre chose pour quelqu'un d'autre ? « Du café ? Du tabac ? Tu fumes ? » Les questions s'enchaînent vite, et ne tournent pas autour du pot. J'ai eu néanmoins l'intuition de ce qu'elle allait me demander. Des questions que j'ai inlassablement entendues depuis que je suis ici. Elle retrouve un demi-sourire : « Toi, ça se voit que tu fumes, c'est obligé avec ta sale gueule. On dirait que t'as cent ans », dit-elle en riant. Une remarque qui ne me va pas droit au cœur. D'un coup, elle hausse le ton :

« Oh, je te parle ! » Sa voix a pris une puissance démesurée par rapport à avant. Certaines se sont retournées sur les bords de mon champ de vision. Le silence, crachat de ses mots gutturaux, a changé son regard. Avec ses yeux de hyène, elle ressemble à une bête à l'affût de sa proie, comme si elle n'attendait qu'un mot, qu'un geste de plus. Et cela pour…

« Tss… tu fais chier », crache-t-elle avant de s'en aller.

Je la laisse s'éloigner de moi, retrouve une respiration normale, puis me décide à marcher à mon tour. Je m'assois sur le muret qui fait le contour d'un parterre de plantes rond. Comme à mon habitude, je vais laisser s'écouler le temps sur moi. Seule, au milieu d'autres solitudes. Toutefois, ces solitudes-là trompent leur propre essence pour ne pas avoir à se rendre compte qu'elles sont seules. Et cela par d'innombrables moyens. Souvent, ce sont des substances à intégrer ou à inhaler pour modifier la substance du temps. Pour que le temps leur paraisse passer plus vite, ou plus apaisé, ou les deux. Personnellement, je ne jouerai pas avec la chimie temporelle. Même si j'aimerais bien, cela me calmerait enfin, et pour de bon. Mais je n'en ai pas le courage. Et puis, j'ai ma maladie…

L'après-midi. On ouvre ma porte. C'est pour aller à l'infirmerie. Mon cœur se serre d'un coup. Puis se décontracte aussitôt. Ça ne peut pas être le médecin, ce n'est pas ce que je lui ai demandé. Ça doit être la psychologue.

J'arrive à l'infirmerie. Je ne patiente pas dans les mini-cellules d'attente qui sont au moins dix fois plus infectées de microbes que les salles d'attente des médecins de dehors. La psychologue est là, elle me salue et me conduit dans le bureau numéro quatre. Elle me laisse entrer la première et ferme la porte. Elle me conseille de m'asseoir où je veux. Dans la pièce blanche se trouve une chaise à dossier droit, court et dur ainsi qu'un fauteuil en cuir délicat avec repose-pied. Mon corps me fait me diriger vers le deuxième choix. J'abandonne alors tous mes vieux membres, un à un, au confortable et réconfortant fauteuil.

— Ne vous endormez pas, surtout, dit la psychologue sur un air taquin.

J'ouvre les yeux et la vois derrière son bureau, assise sur sa chaise, identique à celle du premier choix. Le mauvais choix.

— Vous vous sentez fatiguée ? me demande-t-elle.

Je réponds en euphémisme.

— Un peu.

— Qu'est-ce qui vous fatigue ?

— Tout, je pense. À peu près tout.

— Tout ? Cela doit faire beaucoup de choses, quand même, non ? À quoi pensez-vous par exemple ?

— À la nourriture, à la chaleur puis au froid, à la lumière, à la solitude, à mon âge, à la routine, au temps… À ma mal… Beaucoup de choses, c'est vrai.

Silence.

— Madame, le médecin m'a informée à propos de votre maladie, m'annonce-t-elle en essayant de peser ses mots. Vous savez, nous faisons de notre mieux pour vous accompagner tout le temps que vous serez ici.

« Nous faisons de notre mieux », ai-je répété dans ma tête.

— Je tiens à vous dire, et je me répète sûrement, qu'il n'y a aucun mot, aucune pensée qui vous sont interdits dans cette pièce. Si vous avez besoin…

— Je voudrais partir, ai-je interrompu.

Je me lève avec effort.

— Madame, si vous ne souhaitez pas me parler à moi, c'est votre choix. Mais vous ne pouvez pas garder le silence sur ce qui se passe en vous. Cette annonce a certainement dû vous affecter, et ce considérablement. Et avec votre récent jugement je…

— Vous m'avez dit, une fois, que je pouvais m'en aller si je me sentais mal à l'aise.

— C'est vrai. Mais ne pensez-vous pas justement qu'il vaudrait mieux en parler de ce mal à l'aise ? Tranquillement, à votre rythme.

— Je suis désolée, je souhaite partir.

— Ne le soyez pas, je vous raccompagne.

Je quitte la pièce, je quitte l'infirmerie, et j'entre dans un couloir. Ce couloir m'amène à un autre couloir. Puis ce couloir m'amène encore à un autre couloir. Puis un autre couloir, puis un autre couloir. Jusqu'à mon couloir, celui où se trouve ma cellule, une pièce dans un couloir.

Après avoir bu un peu de thé, j'appuie sur l'interrupteur près de la porte pour éteindre l'ampoule au plafond. La lumière piégée dans la coupole de verre disparaît. L'obscurité s'empare de la cellule. C'est impressionnant comme l'environnement change lorsqu'il se retrouve sans clarté. Dans le noir, tout se confond, tout est pareil. Dans le noir, rien n'est laissé au hasard, rien ne se passe au hasard. Dans le noir, il n'y a pas de différences. Dans le noir, le monde est impartial, il est juste. Ce qui m'arrive n'est donc ni le fruit du hasard, ni le fruit d'une injustice. Il en va de même pour ma maladie.

Je m'endors, ensevelie sous un drap, enveloppée dans les bras de l'obscurité.

Noir. Noir sang. Noir crépuscule. Puis blanc. Mes yeux sont ouverts. J'entends le bruit dans le couloir. La clé se rapproche.

Elle finit par ouvrir ma porte. « Madame, vous n'allez pas recommencer, quand même ? Allez, on se lève, on prend de l'eau, on prend du soleil ! » rit-elle. Encore celle-là. Sa voix bienveillante me fatigue. Je lui en veux à la fois de son insistance, de ses mots, de la manière dont elle les prononce, puis je m'en veux de lui en vouloir. C'est fatigant. « Bon, je ne vais pas trop m'attarder. Mais n'oubliez pas qu'il faut respirer, sortir de la cellule. Je sais qu'hier était votre première sortie depuis des mois. Aujourd'hui encore, allez en promenade. Faites-le pour vous-même. » Elle ne comprend pas. Elle ne le pourra jamais. « Chaque jour est une surprise, vous savez ? » Avec ces derniers mots, elle ferme la porte. Curieusement, même si une grosse voix en moi me crie de rester là où je suis, une autre, minuscule, me dit que cela vaudrait peut-être la peine de voir. Est-il possible que ce soit sa parole, ses mots qui ont fait résonner cette petite voix en moi ?

J'ai donc trouvé la force, à contrecœur, de me lever, de m'habiller, et de partir en promenade. À nouveau, il me faut un temps pour me réhabituer à la clarté. J'avance et m'assois près des plantes.

Je me demande ce que je fais là. Est-ce vraiment moi qui l'ai voulu ? Qui ai-je écouté ? Tout cela, à quoi cela rime-t-il ? Mes yeux perdus dans le vide de ma réflexion, j'entends une voix délicate à côté de moi : « Je peux m'asseoir là ? » Comment une voix si douce peut-elle se retrouver dans un endroit pareil ? Je tourne la tête et découvre une toute jeune femme. Elle doit avoir à peine vingt ans. Elle me regarde droit dans les yeux, attendant ma réponse. Je décide de revenir en face du vide. La jeune femme s'assoit. « Ça fait longtemps que vous êtes là ? » Et voilà les questions fatigantes. « Moi je suis arrivée la semaine dernière. J'ai déménagé dans le bâtiment hier soir. » Elle a au moins la politesse de répondre la première. « Je pensais, peut-être que tu aurais des conseils à me donner. » Quels conseils pourrais-je lui donner, moi qui marche dans le noir, même en plein jour ? Elle se penche légèrement et me murmure : « Je suis là pour trafic de stups. Mais je suis innocente, rassure-toi. »

La naïveté de ses paroles a fait sortir les miennes :

— Personne n'est innocent ici.

— Si, je t'assure. En fait c'est mon mec qui fait du trafic. Pas des trucs dangereux, juste quelques ventes occasionnelles qui arrondissent les fins de mois. Mais comme il a déjà un casier chargé, quand il a failli se faire arrêter, j'ai dit que c'était moi.

— Pourquoi diable faire une chose pareille ?

— C'est simple : par amour, prononce-t-elle.

« Amour », un mot que je n'ai pas entendu depuis longtemps.

Mon amour est comme ça, ajoute-elle. Tu as déjà été amoureuse ?

La question m'a déconcertée. Jamais je n'aurais imaginé qu'on me poserait cette question ici, et par une de l'intérieur.

— Oui… il y a bien longtemps, dis-je en contenant une émotion disparue qui tente soudain de ressusciter.

Instinctivement, j'ai tourné mes yeux humides vers le ciel.

— Il me reste vingt ans à faire, pour répondre à ta question de tout à l'heure, dis-je pour changer de sujet.

— Vingt ans ?! Mais… quel âge as-tu ? demande-t-elle, inquiète.

— J'ai soixante-quatre ans.

Je vois ses yeux passer de la stupéfaction à la compassion.

— Ça va aller ? Je veux dire, tu n'imagines pas que ta vie est finie, si ?

— À mon âge de toute façon, ma vie est derrière moi, elle n'est plus devant.

— Alors là, je ne suis pas d'accord du tout, s'exclame-t-elle, fougueuse. La vie est toujours devant soi, proclame-t-elle. Qu'on le veuille ou pas, on ne peut qu'aller de l'avant. C'est logique. Tu as déjà vu quelqu'un reculer dans le temps ? Non, car la vie est là, juste là, en face. Je ne parle pas du futur lointain. Je ne parle pas de dix ans, vingt ans ou plus. Je parle de ce qui va arriver demain, de ce qui va arriver aujourd'hui. Et pour le comprendre, il faut voir la vie « devant soi », celle qui est juste en face, et non juste la « vie devant soi », finit-elle. Tu vois ?

Sa gentillesse me touche, autant que sa conviction. C'est la première fois depuis que je suis ici qu'on me parle de cette façon. Je dois avouer qu'elle ne manque pas de perspicacité non plus.

— Merci pour ces paroles, jeune demoiselle.

Elle me répond d'un sourire chaleureux.

— Tu aimes les origamis ? Je vais faire un origami et te le donner cet après-midi. Je vais faire celui de la grue, mon préféré. Comme ça, tu n'oublieras pas ce que je t'ai dit, termine-t-elle avec un regard sincère.

À mon tour, je lui réponds avec un sourire.

L'après-midi. « Du courrier pour vous. » Mon cœur a vacillé. Je repense au médecin. Je prends l'enveloppe et vais m'asseoir sur le lit. Ma poitrine se contracte douloureusement. J'ai l'impression que je vais avoir une crise cardiaque. Mes mains tremblantes, je déchire l'enveloppe et retire son contenu. Je regarde l'image, et je comprends. On rouvre ma porte : « Tiens, cadeau de la jeunette. » C'est la grue en origami. Les plis sont soignés et lisses, elle s'est appliquée. Je dépose l'oiseau aux ailes fièrement déployées sur la table blanche. Je prends l'image et l'accroche sur la vitre de ma fenêtre avec du ruban adhésif.

Arrive le moment de la promenade de l'après-midi :

« Promenade ? » D'un pas vigoureux, je franchis le seuil de la porte et quitte la cellule.

Un rayon de lumière passe à travers ma cage thoracique, à travers mon cœur sur l'image transparente, et se pose sur l'origami, en reflétant dans toute la pièce la couleur rougeoyante de la grue.

PRIX JEUNE AUTEUR

Ma dérive…

José

C'est comme être lâché en plein océan
Entouré de requins pour seule compagnie
Sans faire de vagues et en même temps
Éviter la noyade et rester en vie.

Je sais qu'il y a une terre au phare éteint
Je l'attends et me bats contre vents et marées,
Jusqu'au jour où enfin, je la verrai au loin
Elle est mon repère, mon étoile du Berger.

Nombreuses sont les bouées percées
sur mon chemin
Mais seules quelques-unes tiendront le coup
Face à cette épreuve qui me paraît sans fin
Je finirai en apnée ce périple de fou.

Sur ce radeau de fortune ficelé par les miens
Je continuerai encore à ramer jusqu'au bout,
Pour enfin toucher la terre ferme de la main
Comme un migrant sauvé qui restera debout.

Enivrer de fierté tous ceux qui m'ont soutenu
Pour que cette seconde chance épaule
mon combat,
Conscient que rien n'excuse la peine encourue
Malgré toutes mes erreurs, j'ai la vie
devant moi…

PRIX DE LA POÉSIE

TEXTES DE MEMBRES DU PERSONNEL PÉNITENTIAIRE

LAURÉATS

L'écriture est à la fois une façon d'être dans l'humanité et au plus près de l'humain.

Philippe Claudel

Les vies devant soi

Céline Righi

Animatrice d'atelier d'écriture

Peut-être que je m'appelle Pierre. Pendant des années, j'ai souillé mes poumons dans la poussière des mines. J'étais un homme du fond, étouffant sous la terre, croulant sous l'effort avec le visage maquillé par le fer ou par le charbon. J'ai travaillé là où il fait noir comme dans un ventre de baleine. Dans la mine, c'est comme ici, il fait toujours nuit. Dans la peau et dans l'âme, la nuit persiste aussi. Même quand on a fini de creuser, de piocher, d'arracher le minerai, même quand on a sorti sa tête de sous la terre, comme un loir ahuri qui découvre qu'au-dessus des galeries il y a la lumière, même rentré pour la soupe, quand le visage frotté au savon est redevenu blanc, il fait un noir tenace. Dans la peau et dans l'âme. Un morceau de savon ne vient pas à bout de ce noir-là. J'ai tiré des wagonnets à longueur de journée. J'ai été automate quinze heures par jour, en avant en arrière. Je me suis éclaté le squelette en tabassant les murs pour en tirer des miettes. J'ai pioché, concassé, creusé parfois jusqu'à la syncope et j'arrive encore à sourire, aujourd'hui, malgré ma vie de taupe.

J'ai dit que je m'appelais Pierre, peut-être. Mais je pourrais aussi m'appeler Germain. Oui, aujourd'hui, je suis Germain et j'ai conduit tous les trains de la terre. J'ai traversé, durant mes va-et-vient, des villes, des déserts, des terres étrangères, des contrées très étranges, des espaces que vous autres, vous ne connaissez pas. J'ai découvert des endroits aux noms entortillés. En TGV, en tortillard, dans le mythique Orient-Express, j'ai fait le tour du globe. Je n'ai pas compté mes erreurs d'aiguillage. J'ai oublié les déceptions que j'ai ramenées de mes voyages : c'était très bien comme ça. Aller tout droit dans la vie, ça ne m'intéressait pas. Qui va tout droit dans la vie, d'ailleurs ? On a droit aux détours. Sur les chemins de fer, lancé dans des allures de lièvre ou de tortue, j'aimais plus que tout voir le soleil et les étoiles venir s'écraser gentiment sur le pare-brise de la cabine. J'étais à la fois conducteur et passager. J'étais l'âme unique à bord de mes trains vides. Longtemps, j'ai échappé au train-train quotidien. Maintenant, je suis ici, immobile comme un meuble qui « a pris cet air si bon des vieilles gens ». J'ai oublié le mouvement et les rails. J'écoute le silence qui s'installe dans la nuit, attrapé dans la toile d'une vie qui déraille.

Est-ce que je vous ai dit qu'il y a longtemps, je m'appelais Jean ? Oui, je m'appelais Jean et j'étais gardien dans un musée. Je préférais la compagnie des choses à celle des humains car bien qu'inanimées, j'ai toujours pensé que les choses avaient une âme peut-être plus grande que tous ces sacs-à-dos qui m'ont ignoré, qui ont posé sur moi l'œil sec du mépris et de l'indifférence.

Quand le temps et l'argent étaient de mon côté, je me débarrassais de mon uniforme pour aller rencontrer toutes les merveilles du monde. J'ai régalé ma curiosité en découvrant les grandes et petites collections. Je suis resté longtemps avec la bouche en rond sous le grand rorqual bleu du British Museum. Devant les peintures folles de l'art brut à Lausanne ou devant la *Méduse* du génial Caravage, mes yeux se sont écarquillés. Je suis passé, repassé devant les étagères pleines de curiosités, à Longwy, dans le musée des Fers à repasser. Vestiges préhistoriques, tableaux de grands maîtres, sabots, tire-bouchons, images d'Épinal, j'avais de l'amour pour tout ce qui se crée. Tout est bon à garder et tout est beau à regarder. Naturellement, je suis devenu collectionneur. Dans mon petit chez-moi, j'avais tout un désordre, un chaos familier qui grignotait l'espace. Des piles de tout de rien, de choses entassées, d'objets parfois cassés, tous témoins d'un passé plus ou moins lointain. Je ne parlais pas beaucoup. C'est toute cette vie amoncelée qui parlait pour moi. J'avais une grande fierté pour toutes mes collections, la plus précieuse étant celle de mes souvenirs, conservés soigneusement comme on garde des billes dans une boîte en fer.

Depuis que je suis enfermé ici, je collectionne les jours qui ont perdu leur nom.

Je m'appelais Gino mais on m'appelait « Patron ». J'avais un café dans le centre de nulle part, un petit PMU dans lequel s'écoulaient les fûts de bière, les ragots, les histoires. Chez moi, pas de divan sur lequel s'allonger pour avoir une oreille. Accoudé sur le zinc, cul sur un tabouret, on pouvait me confier tous les petits secrets. J'écoutais le monde, sans jugement ni haine. Je récoltais tout avec le cœur ouvert : petits drames quotidiens, bobos de tous les jours, plaintes et ritournelles à cause du temps qui passe, à cause du temps qu'il fait. J'ai savouré les brèves de comptoir. J'ai consolé le monde en essuyant les verres et les larmes de ceux qui venaient boire une bière, « allez une deuxième ! », pour tenter de vider leur vie de leurs soucis. Certains ont bu parfois leur désespoir et leur misère jusqu'à la lie. J'ai connu les parties de belote des anciens, leurs engueulades, leurs rigolades, leurs casquettes à carreaux vissées sur leur crâne chauve, d'hiver jusqu'en été. J'ai connu ces dimanches où l'on venait dans mon bistro sur les coups de onze heures, pour parier au tiercé en trinquant au pastis. J'ai offert des tournées générales, de porto, d'amitié. Jamais un homme soûl ne m'a soûlé.

Quand je sortirai d'ici, je m'appellerai Roger et je serai l'épicier du village. Un épicier, un vrai, avec un tablier et un crayon sur l'oreille.

« Une case pour chaque chose et chaque chose dans sa case. » Ce sera mon mantra. Les pâtes en paquets, les conserves de légumes, les pavés de farine et les cubes de KUB… Tout sera bien rangé. On verra sur les murs un quadrillage agréable pour les yeux, une harmonie de formes et de couleurs, une de ces harmonies qui reposent l'esprit quand on pénètre dans certains lieux, le souffle un peu coupé. Il y aura, dans mon épicerie, une ambiance de chapelle, une atmosphère de librairie. Quand on entrera Chez Roger, ça tintinnabulera. On me trouvera debout, derrière le grand comptoir, derrière les bocaux au ventre rempli d'escargots de réglisse, de guimauves et de boules de gomme. Il y aura aussi une belle balance blanche pour les fruits et les légumes. Avec sa grande aiguille qui lui donne un air de métronome, ses plateaux et sa famille de poids en laiton, elle me fait un peu penser à la balance que tient fermement la Justice. C'est peut-être bête d'avoir cette pensée mais je me dis que parfois dans la vie, ça penche vraiment. Je me demande où se trouve l'équilibre. J'irais bien poser un poids ou deux dans un des deux plateaux pour plus d'égalité.

Ou alors je m'appellerai Aimable et je serai le roi du piano à bretelles. Du bal des anciens au bal des pompiers, des soirs de nouvel an au jour de carnaval, j'amuserai, avec mes musiciens et ma musette, tous les gens du pays. Les grands et les petits. La fête durera des heures, on verra ma sueur dégouliner. Les cheveux sur mes tempes finiront trempés, un rouge endiablé me montera aux joues. Il sera dix-neuf heures ou deux heures du matin et mon sourire ne s'épuisera pas, même sous le poids des heures et de mon instrument. On admirera mes mains agiles, mes mains comme de subtiles, joyeuses araignées, et mes doigts – pattes fines – qui ne s'arrêteront jamais et qui télégraphieront dans l'air de la soirée des notes de bonne humeur. Une marche, un tango, la chenille ! Vous pourrez tout me demander. Je dirai toujours oui, alors on me lancera « Vous êtes bien aimable ! » et moi, je répondrai avec espièglerie : « Aimable, c'est bien moi, oui ! »

Malgré les mauvaises lunes, je dirai toujours que la vie est une fête et qu'il faut la chanter et qu'il faut la danser tant qu'elle est toujours là. Aujourd'hui, ici, je reste les bras croisés dans ma nuit. Une façon peut-être de mettre un peu de poids sur mon vieux ventre pour imaginer un vieil accordéon. Et je vois dans ma tête des pas de cha-cha-cha, des slows joue contre joue et j'entends, j'entends la chanson de Jacques Brel *La Valse à mille temps*, comme c'est charmant…

Je m'appelais Hector, Slimane, Sandro, Basile… Je m'appellerai Gérard, Sergueï, Victor ou Charles. J'ai la nuit devant moi. Ici, à part penser, je n'ai rien d'autre à faire alors je m'invente des vies à l'infini. Celles que je n'ai pas eues, celles que j'aurai peut-être.

J'ai toutes les vies devant moi.

GRAND PRIX DU JURY

Sur le cul

Xavier Lhomme

Peut-être est-ce parce que j'ai grandi dans une famille nombreuse qui s'entassait dans un deux-pièces ? D'aussi loin que je me souvienne, j'ai toujours été assis. Bébé, mes parents me laissaient dans ma chaise haute pour m'empêcher de trotter dans l'appartement trop petit. Plus tard, à l'école, je ne quittais le siège de mon pupitre en bois que pour aller m'asseoir sous le préau. Là, à l'abri du vent, de la pluie ou du soleil, je regardais les garçons jouer à la balle et les filles sauter à la corde. Dans mon grand corps, je me sentais trop maladroit pour partager leurs jeux.

— Allez, Driss, viens jouer à la tape avec nous !

— Non, non, une autre fois !

Depuis que j'avais vu le film *Space Jam*, j'étais un grand fan de basket et plus particulièrement des Bulls de Chicago, l'équipe de Michael Jordan. Malgré les encouragements de mes parents, je n'avais toutefois jamais voulu m'inscrire dans un club. J'étais paralysé rien qu'à l'idée de prendre un ballon, courir en dribblant et sauter pour tenter un panier. J'avais peur d'être ridicule.

Adulte, je devins conducteur de bus. Un chouette boulot, à condition d'avoir les nerfs solides. La société qui m'avait embauché desservait toute l'agglomération. Des dizaines de lignes, des centaines de véhicules de tous gabarits, des milliers de collègues.

Je me levais tôt le matin pour rejoindre l'entrepôt. Là, un superviseur me donnait une fiche avec les horaires de la journée.

— Salut, Driss ! En forme ? Aujourd'hui, tu as un double-bus sur la ligne U. Méfie-toi, il y a des travaux en arrivant sur les boulevards, avec une circulation alternée.

— Même pour nous ?

— Ouais, même pour les bus. Ça va être un peu galère.

Une fois dans l'autobus que l'on m'avait affecté, je démarrais le moteur, vérifiais que tout fonctionnait correctement et connectais l'ordinateur de bord. C'était parti pour la journée, entre trois et six allers-retours en fonction de la longueur de la ligne et du nombre d'arrêts.

Mon travail ne consistait pas uniquement à conduire un gros véhicule omnibus. Il fallait respecter les horaires, ce qui n'était jamais possible aux heures de pointe. Je devais accueillir poliment les clients, même les plus mal embouchés.

— Oui, madame, effectivement, nous avons pris du retard. Il y a une circulation alternée en arrivant sur les boulevards, nous n'y pouvons rien. Oui, je comprends, madame, vous êtes pressée. J'en suis désolé.

J'avais également la charge de vendre des tickets et d'encaisser la monnaie. Les voyageurs occasionnels avaient rarement l'appoint.

— Un aller simple, s'il vous plaît.

— Ça fera un euro et quatre-vingt-dix centimes, s'il vous plaît. Vingt euros ? Vous n'avez pas plus petit ?

Et j'informais les passagers sur les arrêts et les correspondances. Un vrai métier, conducteur de bus ! Parfois, je devais faire preuve d'autorité quand se produisaient des incivilités. Comme mes collègues, j'avais reçu une formation à la gestion des conflits. Les passagers à problèmes, avec l'expérience, je les détectais au premier coup d'œil. Mais nous en reparlerons plus loin.

Certaines semaines, je me levais tôt et d'autres, je finissais tard. Ce n'était pas idéal pour avoir une vie sociale, mais cela ne m'empêcha pas de rencontrer une femme. Nous étions dans la même salle d'attente et nous avions eu le temps de sympathiser avant que le dentiste ne m'invite à m'installer dans son fauteuil. À ma sortie du cabinet, Charlotte me tendit un bout de papier.

— Voici mon numéro de téléphone : il me semble que nous n'avons pas terminé cette conversation !

Après quelques rendez-vous, à la terrasse d'un café, puis dans une salle de restaurant et enfin dans un cinéma, les choses allèrent plus loin. Son allure de petit oiseau me plaisait, je me sentais fort et protecteur. Elle aimait que je ne sois pas violent, ne boive pas et reste calme en toutes circonstances. Au bout d'un an, elle emménagea chez moi, au bout de deux nous nous mariâmes. J'avais retiré les posters de Michael Jordan qui tapissaient les murs de la chambre, mais j'avais toujours mes maillots frappés du numéro 23. Je les portais parfois le week-end et, surtout, pour regarder les matchs.

Après une journée passée derrière mon volant, j'étais heureux de rentrer et de retrouver Charlotte. Une fois le repas fini et la vaisselle essuyée, je me laissais tomber dans le canapé où ma femme venait se serrer contre moi. Nous regardions la télé avant d'aller au lit. Quand il y avait une retransmission d'un match des Chicago Bulls, Charlotte allait se coucher pendant que je veillais tard pour ne rien manquer.

— Puisque tu aimes tant le basket, me disait-elle, pourquoi ne lèves-tu pas tes fesses pour aller y jouer ? Il doit bien y avoir une équipe pour les vétérans, non ?

Eh oui, à trente-trois ans, j'étais déjà vieux pour le sport ! Je fis un effort et allai un jour au gymnase municipal, avec mon maillot portant le numéro fétiche de Michael Jordan. Ce n'était pas pour jouer, non, mais pour encourager la meilleure équipe locale : les féminines qui évoluaient alors en championnat national. J'avais des places à tarif réduit par le comité d'entreprise de ma boîte, qui était aussi l'un des sponsors du club. Parfois, au début, Charlotte m'accompagnait aux matchs. Je me disais que ça la sortait, elle qui se plaignait que je ne l'emmène pas souvent au cinéma ou au restaurant. Mais ma femme ne comprenait rien aux règles du jeu et s'ennuyait vite à regarder courir et sauter ces filles qui ressemblaient à des asperges.

Je ne me rendais pas compte qu'elle aurait aimé un peu plus de mouvement : des week-ends en amoureux à la campagne ou à la mer, des randonnées, des voyages.

Un soir, rentrant du travail après une longue et dure journée d'embouteillages, de fous du volant et de passagers sans monnaie, je trouvai deux grosses valises dans l'entrée. Charlotte était debout dans le séjour, en train de mettre son manteau. Elle m'expliqua qu'elle n'en pouvait plus de vivre avec un type qui passait son temps assis.

— Tu es terriblement gentil et attachant, Driss, mais j'ai besoin de vivre, pas de vivoter !

Et elle partit.

J'en restai sur le cul.

La vie continua. Ou plutôt, elle reprit comme avant. Avant Charlotte.

Je conduisais mes bus dans la journée, je regardais la télé en soirée sans manquer un seul match des Bulls. Le samedi soir, j'allais voir les joueuses au gymnase, avec mon maillot numéro 23. Les règles du basket me semblaient bien plus simples que celles de l'existence. J'étais triste et solitaire.

Cela aurait pu durer longtemps.

Était-ce cette pandémie de covid qui énervait tout le monde ? Était-ce la roue de la chance qui avait tourné ? Toujours est-il que, quelques semaines plus tard, ma vie changea du tout au tout.

Ce soir-là, je faisais mon dernier trajet de la journée. À mi-parcours, trois hommes montèrent dans le bus. Ils ne portaient pas de masque et n'avaient pas validé de titre de transport. Tout en les surveillant dans mon rétroviseur, j'appuyai trois fois sur un interrupteur du tableau de bord pour les statistiques de fraude. Ils s'installèrent à l'arrière, à côté d'une femme qui les interpella :

— Jeunes gens, nous sommes dans un endroit public et confiné, vous devriez mettre vos masques, s'il vous plaît.

Ils réagirent en l'insultant et en lui crachant dessus. J'actionnai l'alerte pour le PC sécurité et arrêtai le bus pour aller au secours de la dame. Je pensais que mon mètre quatre-vingt-dix et mes cent dix kilos impressionneraient suffisamment les agresseurs pour que tout s'arrête avant que cela ne devienne trop grave.

— Messieurs, laissez cette dame tranquille et asseyez-vous, s'il vous plaît !

— C'est toi qui aurais mieux fait de rester assis, sale négro ! me répondit celui qui portait un maillot du PSG floqué au nom de Mbappé.

Ils se mirent à me frapper. Touché à l'estomac, le souffle coupé, je tombai sur le plancher. Me tortillant entre les sièges, j'essayai de protéger les parties les plus fragiles de mon corps. Les coups pleuvaient, j'espérais que les secours ne tarderaient pas. Je finis par perdre connaissance.

Je revins à moi dans une salle d'hôpital, plusieurs jours plus tard. L'infirmière me fit un sourire et m'examina rapidement.

— Vous voilà réveillé, monsieur Bassari. Je vais prévenir le médecin.

Je me rendormis, vaguement inquiet.

Le lendemain, le docteur m'annonça que, dans l'agression, ma moelle épinière avait été comprimée. Les possibilités de récupération étaient très faibles, je ne pourrais probablement plus marcher. Allongé sur mon lit médicalisé, j'eus pendant quelques jours tout loisir d'examiner ma situation et de penser à tout ce qu'elle avait d'ironique. Moi qui ne levais jamais le derrière de mon fauteuil ou de mon canapé, il avait suffi que je le fasse une fois pour que ce soit la dernière !

Dans ma chambre, il y avait un bouquet de fleurs envoyé par mon entreprise et quelques journaux qui relataient mon « affaire ». Les trois jeunes avaient été arrêtés et étaient incarcérés en attendant de passer en jugement. Quels cons : ils avaient la vie devant eux et avaient tout gâché. Mais je m'attristais moins sur leur cas que sur le mien : qu'allait-il advenir de moi, maintenant ?

La responsable des Ressources humaines passa me voir.

— Tout le monde est très ému par ce qui vous est arrivé. Ne vous inquiétez pas pour votre avenir au sein de la compagnie : quand vous serez de retour, que ce soit dans trois mois ou dans trois ans, nous vous proposerons un poste adapté à vos capacités.

Au bout de quelques semaines, mon état étant jugé satisfaisant, je fus transféré dans un centre de rééducation. On m'y fit comprendre – au cas où je n'aurais pas bien saisi – que je n'étais pas là pour redevenir comme avant mais pour apprendre à gérer au mieux ma nouvelle vie. Je bénéficiais pour cela de toute une équipe de professionnels. Une assistante sociale m'aidait à faire valoir mes droits dans cette société où la personne handicapée peine à exister. Une psychologue m'accompagnait à l'intérieur de ma tête pour y mettre un peu d'ordre. Des aides-soignantes, infirmières, kinésithérapeutes, ergothérapeutes et médecins m'installaient au mieux dans mon corps et me guidaient pour que je parvienne à maîtriser mon environnement physique.

J'appris à renforcer les muscles de mes bras et ressentis le plaisir d'être autonome pour mes transferts du lit au fauteuil, du fauteuil aux toilettes, et vice versa. Sport, kiné, sport, kiné, sport. Je n'avais jamais eu autant d'activité physique !

Plusieurs heures par jour, j'étais à la salle de sport pour pratiquer le tennis de table, le badminton, le tir à l'arc, la musculation. Et, un beau jour, le moniteur se planta devant moi.

— Driss, il est temps que tu te mettes aux choses sérieuses !

Il m'initia au basket fauteuil. Ce fut la révélation ! Et un drame : je pris conscience que j'avais attendu d'avoir trente-cinq ans et d'être cloué sur un fauteuil pour prendre un ballon et marquer mon premier panier. Quel imbécile !

Pendant des semaines, j'alternai les séances d'entraînement de basket et les consultations chez la psychologue, dont je vidais régulièrement la boîte de mouchoirs. J'étais à la fois heureux de m'adonner enfin au sport que j'adorais et malheureux d'avoir attendu si longtemps.

Après des mois de rééducation, je quittai le centre et rentrai chez moi. Avec l'aide d'une structure d'accompagnement, mon appartement fut complètement réaménagé. Ma vie également : j'appris à cuisiner, à faire le ménage, à optimiser mes gestes et mes déplacements. La compagnie me forma sur un poste de régulateur à temps partiel.

Quand je retournai au gymnase municipal, ce fut pour m'inscrire dans l'équipe de basket fauteuil. Encadrants et joueurs m'accueillirent avec joie et humour.

— Enfin, nous avons un grand Noir dans l'équipe !

— Ça fait tout de suite plus professionnel !

Bien sûr, ma vie n'est pas devenue facile pour autant. Mon handicap amène de nombreux inconvénients. Pour uriner, je suis obligé de me sonder. J'ai parfois des fuites. Comme quand j'étais enfant, j'ai souvent l'impression de gêner les gens par mon apparence, de les agacer par mes gestes malhabiles. Et d'encombrer le passage avec mon fauteuil.

Je me sens seul. C*omment rencontrer quelqu'un qui voudra bien de moi dans cet état ?*

Mais je ne perds pas espoir : je me remue le cul !

Mes coéquipiers, qui connaissent ma passion pour l'équipe de Chicago, m'appellent Sitting Bull !

J'ai la vie devant moi et un championnat à gagner.

Les soirs de match et d'entraînement, Leslie est assise dans les tribunes. Elle me sourit quand je la regarde. Depuis quelque temps, elle porte un maillot avec le numéro 23 !

J'ai la vie devant moi et un cœur à conquérir.

PRIX COUP DE CŒUR (ex aequo)

Marguerite

Anaïs Niang
Éducatrice de la Protection Judiciaire de la Jeunesse

Marguerite se trouve là, assise sur les rochers, regardant l'océan. Elle pense à elle, à sa vie passée : une enfance perçue comme insouciante, une adolescence quelque peu perturbée par des complexes, un mariage d'amour un peu trop passionnel, la douloureuse naissance de ses enfants. Toutes ces années d'existence, bercées par un quotidien parfois confortable parfois frustrant.

Ce reflet dans l'océan, elle le connaît bien Marguerite. C'est celui qu'elle voit chaque matin dans le miroir de la salle de bains. Elle ne le trouve ni dégueu ni génial, c'est comme ça qu'elle s'est toujours vue

Marguerite. Elle a appris à se contenter de ce qu'elle a sans jamais chercher à s'améliorer. Les rides et les cheveux argentés d'aujourd'hui ne l'ennuient pas plus que les kilos en trop et les boutons d'acné d'hier.

Marguerite est sereine. Elle inspire l'air frais comme si elle venait de naître. De sa place sur les rochers, elle observe le monde. Les pêcheurs viennent de quitter la mer, ils ramassent les petits poissons éparpillés sur le sable et plient leurs filets en vue d'un prochain départ. Marguerite aussi a plié ses affaires en vue d'un nouveau départ. Ses vestes de tailleur et ses pantalons étriqués sont aujourd'hui rangés. Elle est libre. Une simple robe légère l'habille. Ses pieds nus et ses cheveux libérés, elle prend son vélo pour rejoindre sa maison.

Arrivée devant chez elle, un petit garçon l'accueille. De jolies boucles noires rebondissent sur son visage. Son sourire est franc, ses yeux sont rieurs. Ses dents de lait indiquent un petit nombre d'années. Gonflé par ses émotions, le cœur de Marguerite risque d'exploser. Une chute sur le pavé, un genou éraflé mais le petit garçon est toujours aussi enjoué. Marguerite l'attrape sous les bras et l'installe sur son vélo. Achille a les talons nus lui aussi. Pas besoin de chaussures, a dit Mamie.

Achille, Marguerite le veut libre. Avec le recul, elle ne se soucie plus des règles. Ce qu'elle veut c'est que son petit-fils se sente vivre. Avec son vélo, elle fait des lacets, prend des bosses et gagne de la vitesse dans les descentes. Ce qui la rend heureuse ce sont les cris de joie d'Achille. Baisser la tête pour éviter les branches dans la forêt. Faire une pause quand ce n'est plus l'heure du goûter. Tenter de rattraper les framboises avec la bouche puis se tacher quand le coup est loupé. Les taches, Marguerite n'en a plus rien à carrer.

Sur le chemin du retour, elle s'arrête au bord de l'océan. Le vent est frais et la nuit commence à tomber. Mais Marguerite et Achille veulent se baigner. L'eau est froide et sombre mais ils ne sont pas dérangés. Achille fait de l'apnée, Marguerite le poirier. Elle sort se reposer, il continue à jouer. Elle les voit bien, Marguerite, ces gens qui la montrent du doigt. Mais elle les emmerde, Marguerite, en leur montrant son grand doigt.

Accroché à la taille de sa grand-mère qui pédale, le petit garçon pique du nez. Marguerite sait qu'elle devra le porter jusqu'au canapé. Elle le couvrira de son plaid préféré avant d'embrasser la paume de sa petite main. Comme chaque soir, Marguerite fera bouillir de l'eau. Elle inhalera les vapeurs chaudes de son enivrante tisane de coquelicots. Comme chaque soir, assise sur le tapis, elle attrapera ce carnet à la couverture argentée pour y griffonner un rapide croquis. Mais ce soir, avant de le refermer, Marguerite inspectera le dessin de la veille : un petit garçon aux boucles noires et une femme libre jouant dans les vagues.

PRIX COUP DE CŒUR (ex aequo)

D'un fort à l'autre
La lumière devant soi

Julien Bernard

Je m'en allais les poings dans mes
poches crevées ;
Mon paletot aussi devenait idéal :
J'allais sous le ciel, Muse ! Et j'étais
ton féal ;
Oh ! Là là ! Que d'amours splendides
j'ai rêvées !

Arthur Rimbaud

Allongé sur mon lit je regarde défiler les nuages noirs dans le ciel clair. Ils paraissent pesants et maladroits, comme lestés par d'encombrantes poches d'eau qu'ils hésitent à lâcher sur la terre rêche. Mes yeux sont happés par leur mouvement lent. Indolents, ils oscillent vers la droite, la gauche, montent en troupeau puis s'éloignent en silence. Le vent inconstant semble les mener dans des directions opposées mais leur danse reste régulière et douce, comme une chorégraphie ancienne longuement travaillée.

Mes paupières sont lourdes, à demi closes. J'en oublie presque les caillebotis fixés à ma fenêtre qui strient l'horizon de multiples carreaux, « mon kaléidoscope » comme je m'étais pris à les appeler les premières années pour adoucir la violence de ces rebuts de métal qui filtrent ma lumière.

Je sens mon corps et mon esprit doucement m'emporter vers les ténèbres du sommeil. Je n'ai pas réussi à fermer l'œil de la nuit et c'est fatalement à l'aube que le sommeil vient me chercher pour récupérer son dû. Mais je lutte pour ne pas m'endormir, j'attends ce jour depuis tellement d'années que je ne veux, je ne peux en perdre une miette.

Il est 6 h 15 du matin, nous sommes le 21 juin 2021. Aujourd'hui c'est ma libération.

J'attends ce moment depuis longtemps, très longtemps. Pourtant ce n'est pas comme cela que je me l'étais imaginé. Au début, je voyais dans mes rêves un grand ciel bleu et sec, comme on en connaît au mois d'août. J'imaginais des chants d'oiseaux, des piaillements forts et stridents qui feraient comme des vivats. Je n'avais quand même pas l'audace de rêver à des feux d'artifice ou des applaudissements, je ne suis pas fou, mais simplement un petit peu de vie franche et frénétique.

Aujourd'hui, nul bruit à l'extérieur. Le monde semble assoupi et rien ne paraît annoncer l'importance de cette journée. Même le bruit des clefs, la musique des œilletons, les yeux des matons se sont arrêtés. Il est peut-être trop tôt.

Je dois quand même avouer que je suis un peu déçu, presque énervé d'être assailli par la fatigue ce matin-là tant j'espérais de l'énergie pour prendre une nouvelle route loin des barreaux et des barbelés. Putain, une insomnie la veille de ma libération, il me fallait bien ça ! En me regardant dans le petit miroir qui surplombe mes toilettes j'aperçois les cernes sous mes yeux, mes cheveux gras et mon teint hâve.

« Je reviendrai avec des membres de fer, la peau sombre, l'œil furieux : sur mon masque on me jugera d'une race forte. J'aurai de l'or : je serai oisif et brutal. » Je trouvais à ces vers une énergie folle qui me paraissait pouvoir me donner quelque force pour envisager ma sortie, une vigueur et une fougue pour effacer mon absence. J'en étais loin ce matin, presque à l'opposé.

Les poèmes de Rimbaud m'avaient accompagné dans ma peine, j'en avais recopié plusieurs sur une feuille de papier que j'avais toujours, soigneusement pliée, dissimulée dans la doublure de la poche de ma veste. Cela m'avait d'ailleurs valu les moqueries d'un surveillant lors d'une fouille qui, espiègle, m'avait ensuite surnommé « le poète » ; ce n'était pas le meilleur sobriquet pour survivre en prison mais j'en avais fait mon affaire, je me disais que ce n'était pas pire que certains noms qui circulaient en détention.

Je m'approche de la fenêtre pour voir une dernière fois la cour de promenade, le terrain de sport et les ateliers de production qui m'ont servi d'horizon pendant tout ce temps. J'aperçois aussi un bout de la Nationale 6 construite il y a sept ans, peu après mon arrivée. Celle qui enjambe avec élégance le pont à haubans et relie ce bout de terre au continent. Elle est importante pour moi cette route, c'était un peu le seul petit bout de vie qui n'était pas enfermé dans le monde dur de la détention. J'aimais observer la frénésie des voitures lors des départs en vacances, les monospaces chargés jusqu'au toit qui partaient vers le sud. J'imaginais les enfants assoupis à l'arrière, un livre de coloriage sur les genoux, et les parents qui écoutaient la radio en pensant distraitement à leurs prochains jours à la plage.

C'était une machine à rêveries incroyable cette route, je la connais par cœur.

Alors que ma tête était appuyée entre deux barreaux, je sursautai presque en entendant le bruit des clefs s'insérer dans la porte de ma cellule. Le pêne claqua d'un bruit sec et péremptoire de guillotine. « Liberté Bernard ! » s'exclama le surveillant d'un ton vif. Un sourire s'esquissa tout doucement sur son visage, je voyais qu'il était content pour moi. J'avais appris à l'apprécier ce surveillant, et lui aussi je crois. Il n'était pas du genre expansif ni très jovial mais faisait son travail consciencieusement et avec une constance qui me rassurait. Derrière son air renfrogné on voyait qu'il était humain et nous considérait comme des hommes, sans nous juger. Aussi avait-il toujours un petit mot avant de refermer la cellule, ce pouvait être un commentaire sur le sport, sur la météo ou simplement un « allez, bonne soirée mon gars et à demain ! » mais ça faisait du bien d'entendre ces petits mots de l'air de rien du tout. Aujourd'hui, il avait simplement un sourire collé au visage, je voyais bien qu'il voulait dire quelque chose mais je crois qu'il ne trouvait pas ses mots.

Je lui emboîtai le pas en regardant autour de moi à la recherche d'une cellule qui serait ouverte avec la possibilité de dire au revoir à un ami ou à un ennemi. Mais il était tôt et la plupart étaient sous la douche ou en train de boire le café en cellule.

Une fois les formalités de levée d'écrou accomplies, je suivis le surveillant qui m'accompagnait vers la sortie. Pas un mot ne circulait entre nous. J'étais traversé par des sentiments étranges, je me sentais heureux mais soucieux en même temps. Je me demandais pourquoi il me raccompagnait vers la sortie, avait-on peur que je refuse finalement de partir ?

Alors que j'aurais dû courir vers la sortie, mon pas se faisait de plus en plus lent à mesure que j'approchais du portail d'entrée – ou de sortie (je me faisais la remarque que l'on parlait de porte d'entrée principale dans le jargon pénitentiaire mais jamais de porte de sortie) –, il est vrai que j'étais lesté de deux lourds cabas colorés dans lesquels s'amassaient les quelques vêtements et objets que j'avais pu conserver au fil des ans, mais je sentais bien qu'on me retenait. C'était comme si j'avais oublié quelque chose sans savoir de quoi il s'agissait. Mon esprit était encore traversé par mille pensées et ne parvenait pas à se fixer sur un objet précis. J'étais désorienté, en somme. Je tentais toutefois d'afficher un sourire devant les surveillants que je croisais – abrités derrière leur bulle de verre – car je me disais que c'est ce qui se faisait en de pareilles circonstances, mais j'aurais été bien en peine de décrire mes sentiments si on m'avait posé la question.

Une fois sorti de l'établissement, le grand portail en métal vert écaillé derrière moi, je posai mes cabas au sol. À ma grande surprise le surveillant me tendit la main, chose incroyable en détention d'avoir un contact physique avec un personnel autre que violent – mais après tout j'étais désormais un homme libre. Je serrai sa main avec force en le regardant droit dans les yeux. Il me lança un affectueux « Bon courage pour la suite mon gars ! » puis tourna aussitôt les talons pour regagner son misérable phalanstère.

Murs, ville et port, asile de mort.
Mer grise où brise. La brise. Tout dort.

Victor Hugo

Ça y est ! j'étais désormais libre ! Alors, c'était donc ça.

Personne ne m'attendait ; il aurait pu en être autrement car j'avais la chance d'avoir conservé quelques amis et de la famille mais j'avais demandé à mes proches de ne pas venir. Je voulais sortir seul, comme j'étais rentré, puis faire mon chemin jusqu'à eux. Je crois que j'avais aussi eu peur de ces retrouvailles immédiates faites de larmes et de joie, trop de sentiments forts qu'il me faudrait sans doute un peu de temps pour pouvoir endurer décemment. Un petit parc entouré de bouleaux me faisait face. Un banc y était installé, orienté vers la prison. Je me demandais si des gens s'y asseyaient parfois.

Je décide de suivre la longue allée pavée qui longe les murs de la prison et semble conduire dans un centre-ville. L'habitat se faisait plus dense au fur et à mesure que j'avançais ; de petites maisons résidentielles au crépi rose dont les murs extérieurs sont jonchés de roses trémières qui ont l'air subrepticement de vouloir pénétrer à l'intérieur des propriétés. Les maisons, collées les unes aux autres, sont presque identiques. J'aperçois les barbecues et balançoires sur des pelouses sages et bien coupées. Tout semble extraordinairement

« normal ». C'était saisissant ce contraste avec la prison si proche. J'avais entendu dire qu'aujourd'hui ils construisaient les prisons loin des villes, en rase campagne, là où les champs de blé n'entendent que le bruit de la pluie, là où les bus et les trains ne vont plus ; ils escomptent sans doute laisser un peu souffler les citadins, leur permettre de profiter de leur jardinet sans avoir à imaginer ce qu'il pourrait leur arriver s'ils venaient à dévier de la ligne bien droite tracée pour leur vie.

Après à peine quinze minutes d'une marche lente, j'entrais dans la vieille ville de Saint-Martin. Il y avait du monde sur les terrasses du petit port de pêche. Une légère brise faisait chanter les mâts des bateaux dans un cliquetis désordonné mais mélodieux. Je frôlais les tables des terrasses pour mieux me mêler aux brouhahas des conversations.

Tant de vie insouciante à quelques pas seulement de la prison. Heureusement que j'étais arrivé sur cette île de nuit avec un gros car de la pénitentiaire aux vitres teintées et que je n'avais pas vu cette vie si proche.

Une longue queue oblique et bariolée – faite de marinières et de pulls noués autour du cou – menait à un glacier qui se trouvait sur la place centrale. Je décidai de me mêler à la foule et d'attendre avec eux. Je pensais à l'image que je renvoyais avec ma tête de taulard et mes deux sacs. Quelques regards furtifs se posaient sur moi mais ne s'attardaient pas ; je savais bien que je tranchais avec mon jean noir usé jusqu'à la moelle, mes chaussures en cuir et mes gros sacs. Pas vraiment le look du parfait vacancier.

Mais ça me faisait du bien d'être entouré de tant d'insouciance. La file avançait à petite allure. Je fermais les yeux pour mieux me laisser enivrer par les bruits environnants. Des rires, des petits mots légers et des conversations futiles qui s'envolaient aussi sec dans l'air chaud de ce mois de juin.

« Monsieur !! Ooooh monsieur !! »… j'ouvrais les yeux pour découvrir un jeune serveur à la moustache blonde toute fine qui semblait à peine sorti du collège. Oui c'est bien à moi qu'il s'adressait, c'est bien moi qu'il appelait monsieur. Oui ? répondis-je à bas bruit. Quel parfum ? me répondit-il sèchement comme s'il voulait m'indiquer qu'il n'avait pas le temps de s'accorder à ma lenteur.

Il me rudoyait ce con ; j'en étais estomaqué ; savait-il d'où je sortais ? Savait-il que mon sang avait appris à se chauffer comme un métal bouillant en à peine un quart de seconde ? que j'avais patiemment dû aiguiser mes gestes, durcir mon regard et frapper au bon endroit. Ah ma violence, affûtée comme un beau couteau de campagne, j'avais dû l'apprivoiser, la travailler pour survivre à l'épreuve de la détention. Ne la voyait-il donc pas ma violence ? Je forçai un sourire et improvisai une deux boules menthe-chocolat avant de m'éloigner d'un pas chancelant.

Assis sur un banc, un peu à l'écart de la foule, je dégustai ma glace. J'y allais doucement, sans précipitation. Ma langue, maladroite, se promenait sur ces petits monts frais. Basculait d'une boule à l'autre. Elle semblait engagée dans une secrète compétition avec le soleil qui paraissait vouloir me la dérober. De petites gouttes vertes, puis noires, dégoulinaient avec malice sur la pointe de mes chaussures ternes.

Je me sentais bien léger même si la chaleur montait tranquillement et que des gouttes de sueur commençaient à perler de mon front. Je me demandais quand même ce que j'allais bien pouvoir faire le reste de cette journée.

Je pensais à mon carnet moleskine jaune que j'avais patiemment rempli au cours des derniers mois et sur lequel j'avais consigné, méthodiquement, presque scolairement, les projets que je comptais accomplir à ma sortie. Cela allait de choses très anodines – jardiner, cuisiner, courir... – à des projets plus ambitieux. J'admets qu'il m'était rassurant d'avoir une feuille de route, un plan secret auquel me raccrocher car je craignais par-dessus tout l'oisiveté et la futilité d'une sortie faite de libations, de nuits blanches et d'excès avec les amis pour rattraper les années à s'oublier derrière les murs.

J'eus alors l'idée d'aller rendre visite à mon ex-femme, Nina. Oui, c'était une belle idée ça. Notre couple n'avait pas survécu à la détention mais nous avions conservé d'assez bons rapports, des liens distants mais respectueux. Elle était venue me voir les trois premières années de ma peine, avait parcouru seule de longues heures de route, traversé des territoires vides et hostiles, des ondoiements verts et fourragesques du Périgord au désert charentais où les vignes basses gorgées de cognac rampaient à perte de vue, subi les embouteillages du pont pendant l'été puis supporté l'attente de presque une heure avec les familles avant d'accéder au parloir. Tout ça pour me voir quarante-cinq petites minutes, parfois un peu plus. J'étais presque gêné quand elle arrivait devant moi, embêté par l'incurie du petit box vitré. Une petite table en formica et deux chaises qui se faisaient face. C'était ça. La frugalité du lieu me paraissait être un affront énorme que je lui faisais après toutes ces épreuves. Surtout que je n'avais plus grand-chose à lui raconter à force, la vie carcérale avait quelque chose de lénifiant et d'aride qui assèche le langage. Ce n'est pas que mon quotidien était sans intérêt, sans vie, mais les mots ne sortaient plus au bout d'un moment. Heureusement que les romans, que je m'étais mis à lire en détention, me fournissaient un matériau inépuisable sur lequel m'appuyer lors des parloirs. Je m'en servais dès que je sentais ma voix se nouer, mes yeux se voiler et lui racontais alors mes dernières lectures, lui lisais mes passages préférés et tentais de l'emmener vers des mondes plus ouverts.

Les visites s'étaient ensuite espacées, elle venait quand elle pouvait, en général quand elle venait passer des vacances sur la côte atlantique, puis un jour elle m'a annoncé qu'il valait mieux qu'elle cesse de me voir. Elle avait rencontré un homme et n'arrivait pas à s'y retrouver avec toute cette situation. Je l'avais mal pris au début, c'était dur mais j'avais compris. Je comprenais qu'elle se soit lassée de tout ça.

Je savais que Nina continuait de venir presque chaque été sur l'île pour des vacances avec son compagnon et leurs enfants. Elle m'avait dit, un peu gênée, avoir acheté une petite maison non loin d'Ars. Je me demandais si inconsciemment ce n'était pas une manière pour elle de conserver un lien avec moi, de maintenir un fil pour ne pas m'oublier.

Affalé sur mon banc, je me disais que ce pourrait être bien de lui faire une surprise en me présentant chez eux à Ars. Ce serait moins angoissant qu'une visite programmée, enfin, je le pensais.

Je pris mes sacs puis la route. En quittant la ville, je traversai les champs plutôt que de suivre la route qui serpentait. Les épis de blé me dissimulaient presque tout entier et caressaient mon visage à chaque pas. Je me sentais anonyme, filiforme et dispensable, un peu comme les hommes de bronze de Giacometti.

J'allais sous la chaleur et mon pas se faisait ferme et mécanique, comme si je savais précisément par où passer alors que c'était la première fois que je mettais les pieds ici.

Après deux bonnes heures de marche, mon horizon changea radicalement. Plus de champs ni d'arbres mais des marais salants à perte de vue. Des cristaux de sel scintillaient à fleur d'eau et donnaient au paysage comme un doux voile de brume. J'arpentais les petits sentiers entre les marais en observant les monticules de sel en forme de cône. Il n'y avait pas un humain dans les parages, je ne croisais personne. Seulement des hordes d'oiseaux qui semblaient avoir fait ici leur territoire.

À l'entrée d'Ars, je bifurquai par une petite venelle pavée de pierres qui paraissait conduire tout droit en direction d'une église flanquée d'un imposant clocher de couleur noire. Je savais que la maison de Nina se situait à proximité de la place principale, d'après les explications qu'elle m'avait fournies. Les lanières de mes deux sacs commençaient à me lacérer la paume des mains et la fatigue me faisait presque tituber.

En approchant du numéro cinq, je ralentissais peu à peu. C'était là, je reconnus immédiatement la façade en pierre apparente que j'avais vue sur photo. Un muret de pierre dissimulait un jardin dont je n'apercevais que quelques branches de ce qui semblait être un immense figuier. Après une brève hésitation je décidai de prendre appui sur mes gros sacs pour me hisser sur le faîte du mur. Des enfants, armés de petites pelles en plastique, couraient après un petit chat effrayé ; un peu plus loin, à l'abri d'un tilleul, un groupe de sept personnes était attablé autour d'un immense plateau de fromages qui était le témoin silencieux d'une discussion animée. Nina était là, la tête penchée en arrière sur son siège, comme absente de la conversation. Elle avait le visage grave et fermé qui tranchait avec l'attitude joyeuse des autres convives. Le foulard rouge carmin qu'elle portait autour du cou illuminait son visage hiératique d'une grâce folle. Un grand homme barbu se tenait derrière elle les deux mains posées sur ses frêles épaules et semblait comme vouloir l'empêcher de s'évader trop loin pour la maintenir dans le groupe. Et moi j'étais là, assis sur l'arête du mur comme un grotesque cambrioleur qui hésiterait à passer à l'acte. J'étais de trop et leurs agapes joyeuses me donnèrent la nausée.

Je me décidai à quitter la ville, les hommes et marcher vers le nord où se trouvait un phare qui balayait l'île de son faisceau lumineux tous les soirs à vingt heures. Je le voyais chaque jour depuis ma cellule.

Il allait bien plus vite et plus loin que les miradors de la prison, son rayon lumineux me paraissait aussi plus doux et amène.

Dans mon esprit il exerçait une forme de contre-pouvoir bienveillant qui surveillait nos surveillants.

Je marchai dans sa direction aussi vite que je pus.

Arrivé au pied du phare, « le phare des baleines », m'apprenait un écriteau, j'aperçus un homme devant la porte d'accès. Assis sur un petit siège en toile, juste devant ce qui semblait être la porte d'entrée du phare, il fumait une cigarette en observant distraitement le ciel, l'air perdu dans ses pensées. Je remarquai un vieux livre jauni posé en chapiteau sur l'une de ses jambes. Je distinguais à peine le titre, *Oblomov*, imprimé en lettres capitales rouges.

Je dus bredouiller quelques politesses avant d'oser lui demander s'il était bien le gardien du phare, ce qu'il me confirma par un léger hochement de tête et en arborant une moue qui m'apparaissait plus une expression de dépit que de fierté.

L'air matois, il avait un visage dur et buriné mais de petits yeux noirs, posés sous de massifs sourcils, laissaient deviner quelque malice et vivacité d'esprit. Une fine moustache, qui semblait avoir pour dessein de tempérer les rêves de grandeur d'un nez déjà puissant, venait largement adoucir ses traits.

D'une voix chevrotante et mal assurée il me demanda « Monsieur, accepteriez-vous de prendre mon poste pour quelques heures ? simplement me relayer... jusqu'à demain peut-être, il faut que je voie ma famille, cela fait bien trop longtemps que je suis là vous savez ». Sans même me laisser le temps de répondre, et comme s'il m'avait toujours attendu, il me tendit le livre, une cigarette et déposa une main infiniment douce et pleine de reconnaissance sur mon épaule.

Comme si c'était une évidence je pris place sur le siège et l'homme partit tout droit en direction des dunes. Assommé par l'étrangeté de cette situation, je ressentais en même temps presque une sorte de satisfaction, de soulagement. L'espace de quelques heures, de quelques jours peut-être, j'avais un petit rôle à jouer dans le mouvement du monde.

Mon regard balayait l'horizon de droite à gauche, rien que du sable et quelques pins épars et solitaires. J'entendais le mouvement de ressac régulier de l'océan qui paraissait tout proche.

J'ouvris une page du livre dont le coin était tout corné et jauni et lus à voix basse, presque en un souffle « Est-ce cela la vie ? Toujours des émotions, toujours des alertes ! À quand donc le bonheur paisible, le repos ? ».

Les vagues me répondirent en écho.

MENTION SPÉCIALE DU JURY

TEXTES SÉLECTIONNÉS DE PERSONNES DÉTENUES ET DE MEMBRES DU PERSONNEL PÉNITENTIAIRE

Créer, c'est aussi donner une forme à son destin.

Albert Camus

La vie devant soi

Jean-Marc C.

Le jour de ma naissance
Mes parents étaient fiers
D'un cri de délivrance
Ma première bouffée
d'air

Douce chaleur de ma
mère
Sourires joyeux de
mon père
Des larmes dans les yeux
Comme ils étaient
heureux

Bercé par leur Amour
Et guidé par leurs voix
J'ai appris chaque jour
À me tenir bien droit

Marcher, tomber à terre
Apprendre à me relever
Ma toute première
galère
En toute sécurité

C'était pas la misère
Grandir et bien élevé
Les dangers de la terre
Ils me l'ont éduqué

J'ai quitté ce cocon
Rencontré des
personnes
Découvert l'horizon
Quand j'ai cru être
un homme

Le monde était à moi
J'ai tracé mon chemin
La vie est devant moi
L'amour, matins câlins

J'me suis battu
crois-moi
À la sueur de mes
mains
J'avais réussi je crois
Un travail et un toit

Les années ont passé
Jours sombres, doutes
et ruptures
À tout jamais pleurer
L'Amour sont mes
blessures

Humilié, rabaissé perdu
Je me suis enfermé
Déprimes, alcool
trop bu
Je me suis effondré

Je n'ai pas su grandir
Enfant j'étais resté
Et perdu dans la nuit
Je me suis égaré

Puni et enfermé
Justice, emprisonné
Béton, barreaux d'acier
Violence des prisonniers

Honte de moi, j'en suis
pas fier
Regrets, remords dans
ma conscience
Je ne peux revenir en
arrière
Je dois payer ma
délivrance

Pouvoir un jour me
racheter
Poser ce fardeau,
avancer
Soigner mon chagrin
et vos peines
Mon âme n'est pas
mauvaise

Le temps qui passe,
c'est le temps qu'il
me reste
Aujourd'hui
le temps et
les aiguilles
s'arrêtent
Pardonnez-moi
tous ceux qui
m'aiment
Famille, enfants,
tous ceux que
j'aime…

Trop de souffrances et
trop de pleurs
J'en suis transpercé de
douleurs
Je prie pour vous, je
pense à vous
Dans mes pensées, jour
après jour

Ma plus belle preuve
d'amour
À ma vie, à celle que
j'aime
Me reconstruire sans
mon amour
Et adoucir ses peines

À ma maman, mes
frères et sœurs
À mes enfants, séchez
vos pleurs
Vivez vos années
de bonheur
Vous êtes toujours
dans mon cœur

J'ai réfléchi et j'ai mûri
Médité sur le passé
Retrouvé un sens
à la vie
Les valeurs de la société

J'ai bien appris et j'ai
vieilli
Aujourd'hui, je sais où
j'en suis
Je me suis enfin
retrouvé
Je veux revivre en
liberté

Ne pas oublier mon
passé
M'en servir, pour
mieux avancer
Dans une renaissance
Je veux reprendre
l'air

Le vent emportera
le temps
Me racheter, me tenir
droit
Je ne serai plus
cet enfant
J'ai toute la vie devant
moi.

L'arbre vert doré

Randria

La vie devant soi vue de mes barreaux de cellule est semblable à un arbre coupé, cassé, brisé à sa base.

Tout visiblement indique que l'arbre est mort.
Son tronc et ses feuilles ont séché.
Sa vieille souche ne montre plus signe de vie.
Les faunes locataires l'ont abandonné.
Son tronc jadis contenait les circuits d'autoroutes de sève, un poumon de vie.
Ses branches étaient si imposantes, leur destin, porter de bons fruits.
Quand il fleurissait, on le croyait éternel.

Ses pétales violet brillant tapissaient le sol. Chaque souffrance hivernale et chaque réveil printanier le poussèrent à préparer ainsi sa succession par ces bourgeons de fleurs.

Il respirait la paix, la tranquillité, rien ne prédisait qu'il ne grandirait pas jusqu'aux cieux.
La nuit, ses feuilles dansaient sous la lune et les étoiles dans leurs respirations silencieuses.
Le jour, le soleil rayonne sur ses feuilles, telles des milliers de pompes à sève puisant goutte par goutte depuis les racines profondes les nourritures de la vie.
Qui pouvait prévoir qu'un arbre aussi épanoui se briserait à cause d'un défaut de cuirasse ?

Oui toute cette verdure était le paysage avant la dernière tempête de sa vie.
Une fois de plus, durant la saison des pluies, un jour d'orage.
Tout est tombé, pourtant les oisillons nichaient dans ses branches.

De nombreuses bêtes tapissaient à son ombre.

Maintenant, il est allongé ce tronc mort, il deviendra poussière, il reviendra auprès de la terre sa mère nourricière.
Son histoire ne s'arrêtera pas là.
La vie devant lui se prépare à ce moment-là, cachée, dans l'invisible.
En effet, les vieilles racines sous terre attendent la vraie humidité de la vie pour transférer des forces.
Un peu d'eau et la souche produira des rejetons.
Souche combattante, résiliente, il lui poussera des branches comme une jeune plante.
Des plantes vertes dorées naîtront sur la même base.
Elles seront nourries par la rivière de l'espérance.
Une rivière de source montagneuse sauvera l'arbre cassé, brisé, coupé.
Il croyait en cette source pure.
La vie est abondante partout où cette source passe.
L'arbre vert doré ne savait d'où cette source allait arriver, mais il attendait.

L'arbre vert doré ne savait comment la source arriverait à lui, mais il attendait.
L'arbre vert doré ne savait pas non plus le moment de sa venue, mais il attendait.
Les racines d'espoir espéraient la vie au-delà de toute espérance.

Comme pour cette souche verte dorée, la vie devant soi filtrée des barreaux de prison invite tout d'abord à lâcher prise sur la vie d'avant.
Un travail intérieur invisible préparant une disposition spéciale du cœur.
Un cœur en forme d'espoir, capable d'espérer même quand tout espoir n'a plus de place.
Une chute dans la vie ne rime pas avec une vie échue, c'est juste une nouvelle opportunité de se relever pour continuer la route.
Une route nouvelle dont les contours sont flous et la direction incertaine.
Mais guidé par l'esprit de l'espoir avec la joie comme énergie, la route se déroule : bourgeon après bourgeon, feuille après feuille, branche après branche et enfin un jour fruit après fruit.

La verdure de la vie brillera à travers tous les rejetons dorés.
Des rejetons résilients, résistant aux ballottements des tempêtes de la vie.
Même pendant les périodes de sécheresse, ses feuilles respireront la santé car ses racines tremperont encore dans cette source d'eau pure.
Les nids pourront de nouveau être construits dans ses nouvelles branches.
Ses fruits feront la joie des faunes chanceuses.
L'arbre renaît, grandit, revit.

Une vie barrée

Aymeri

Ma vie devant moi,
c'est des murs froids,
des traits verticaux
et d'autres horizontaux

tout ce que je vois,
je n'en ai pas le choix,
c'est par un petit carré
l'ai-je vraiment mérité ?

Les arbres sont coupés en deux
il n'y a pas qu'eux
par de grands traits
tout est sectionné

La vie devant nous

mon ciel aussi est tout barré
par plusieurs endroits lézardés
les maisons devant moi
de multiples endroits

Il n'y a que la nuit
quand les barreaux sont gris
quand le ciel est sombre
et mélange les ombres

apparaît alors, un semblant de liberté
il n'y a plus un seul trait
la vie est devant moi
juste à quelque pas.

Demain

Hamid

Les oiseaux me manquent
Quand je suis assis à la fenêtre
Et la lune, inquiète, regarde
Mon âme qui se défenestre

Demain sera moins noir
Mais c'est pas le gris que je cherche
Et je refuse toujours de voir
Que c'est l'unique choix qu'il me reste

Ma chère mère, toi qui m'entends
Même mes rêves se sont lassés de moi
Patient j'éprouve, j'attends
Les jours dont tu as rêvé assez de fois

Cette nuit les oiseaux me revoient marcher
Et la lune, ravie, me regarde
Près des herbes, juste moi, mes pensées
Sans un bruit, je détache ma barque.

Sans réfléchir

Dominique Candy

La vie d'avant soi
Fait.
Passé.
Autre temps.
Les grands-parents
Sur photo sépia,
Qui n'imaginaient pas
Si demain serait paisible,
Redoutaient tant, le cœur fébrile,
Le son si singulier des sirènes
Avant le bruit des obus dans la plaine.
Impossible à cette époque de savoir,
Au lever du soleil, à la tombée du soir,
S'il y aurait de quoi donner aux enfants
Non pas quelque présent, ni quelque argent,

Mais de quoi les nourrir, simplement.
La fête était de vivre encore,
De ne pas compter les morts.
La vie suivait son cours,
Chacun son parcours.
Sans réfléchir,
Accueillir.
Espoir.
Croire.

Loin.
Demain.
Avenir.
Qui pourra dire
Sans hésitation,
Et avec précision,
De quoi sera fait l'instant
Qui suivra le moment présent –
Même si dans l'époque actuelle,
Branchés sur une toile virtuelle,
Tant de gens, qui pensent tenir les tenants,
Imaginent en connaître les aboutissants.

Tous puissants, si c'est ce qu'on semble paraître,
Nous, les acteurs du faire mais pas de l'être,
Restons inscrits à la loterie
De l'équilibre de la vie.
Et tant qu'on n'a pas perdu,
Profitons un peu plus
De tout ce qui naît
Pas acheté :
La valeur.
Le cœur.
Boum.
La vie devant soi

Habiter le temps

Christian M.

Voir la vie devant soi, d'hier laisser le temps,
À ne voir que demain on oublie le présent,
Fait de ces petits riens qui deviennent
un grand tout,
Quand le cœur s'en empare et les met
bout à bout.

Il y a dans « demain » tant de « si »,
de « peut-être »,
D'horizons inconnus qu'on cherche
à sa fenêtre,
De questions sans réponses,
de chemins espérés,
De rêves inassouvis qu'on veut réaliser.

Voir la vie devant soi, regarder vers demain,
L'esprit rempli d'audace pour tracer un chemin,

Par les meilleurs atouts pour forcer le destin,
Que sont les « aujourd'hui » déposés
   dans nos mains.

Qu'est-ce que le temps qui passe, l'avenir,
   le passé ?
Qu'une suite de présents qui viennent
   se succéder.
Apprendre à lire, à vivre, partager, écouter,
Comprendre ce présent et essayer d'aimer.

Toi, Ami, qui espères cette vie devant toi,
Regarde vers tes rêves et fais le premier pas,
En vivant pleinement le temps
   des « aujourd'hui »,
Qui, si tu les fais tiens, embelliront ta vie.

Une abeille à Draguignan

Yann A.

Hier en promenade une abeille est tombée sec devant nous sans bouger.
Comme il faisait chaud Sabri et moi (Yann) nous l'avons arrosée avec le peu d'eau qui nous restait dans la bouteille.
À ce moment précis l'abeille a sorti sa trompe pour se désaltérer. L'instinct de survie était fort et palpable au regard de cette abeille. Elle a agité ses ailes et s'est envolée dans les airs sans m'emporter avec elle.
Je l'ai regardée en criant « ramène-moi du miel et offre-moi tes ailes pour retrouver la LIBERTÉ ».

Si j'étais elle

Christelle

Membre du personnel pénitentiaire

Ses cheveux longs et frisés étaient comme à leur habitude méticuleusement tressés, son lit fait au carré et sa cellule d'une propreté irréprochable. Le reflet de ce qu'elle est… était… il lui arrive de ne plus savoir.

Comme chaque matin, son regard discret et son léger sourire m'accueillaient. Ces instants routiniers mais indispensables à son quotidien la rassuraient.

Cela faisait bientôt trois ans que nos routes s'étaient croisées ; pour autant nos vies étaient bien différentes.

Ces murs faisaient partie de nous chacune à notre manière, qu'on les ait voulus comme moi ou subis comme elle.

Moi qui chaque matin revêtais un uniforme et qui chaque soir redevenais une autre, une épouse, une mère…

Elle, qui restait là, seule, perdue et qui, même une fois la nuit passée, n'avait plus d'autre rôle que celui que le destin avait choisi pour elle.

Depuis son incarcération, elle avait changé et vite compris qu'elle allait devoir survivre dans un monde qui n'était pas le sien et qu'elle n'aurait jamais pensé connaître.

« Vis ! Profite ! Tu es jeune, tu as la vie devant toi ! » Combien de fois sa mère l'avait-elle encouragée à surmonter sa timidité, à prendre confiance en elle et à explorer le monde.

La vie devant soi…

Mais quelle serait sa vie maintenant qu'elle avait commis l'irréparable ?

Elle se confiait peu, se méfiait de tout, ne se mélangeait pas aux autres. Pourtant, le jour où elle avait passé ces portes elle était devenue comme elles. Jamais elle ne se serait imaginée capable de tuer. Mais ce jour-là, elle avait vu dans son regard qu'un d'eux n'en réchapperait pas.

Ses coups, elle les connaissait, les recevait sans rien dire depuis des années comme une habitude. Mais ce soir-là, elle avait pris conscience qu'il irait jusqu'au bout. C'est alors que son instinct de survie avait pris le dessus. En lui ôtant la vie, elle s'enlevait aussi une partie d'elle-même. Pour elle, plus rien ne serait jamais comme avant.

C'est en racontant peu à peu son récit, fébrile, comme si à chacun des mots qu'elle prononçait elle revivait seconde après seconde sa souffrance, que je compris.

Et si j'étais elle ?

C'est à l'aube de mes vingt-quatre ans que je fis mes premiers pas en prison mais du « bon côté » comme on le dit souvent. Entre appréhension et curiosité, je découvris l'envers du décor dans un univers d'abord masculin : un monde de violence, de bruits, de cris, de détresse, de trafics… un microcosme de la société en quelque sorte. On apprend vite les habitudes, les rituels. Chacun a sa place : les leaders, respectés et intouchables, les hommes de main, les faibles, les fous.

Pour autant, moi qui avais « la vie devant moi » et qui aurais pu m'épanouir dans un métier moins anxiogène, je n'ai pas eu peur et me suis même sentie à l'aise dans cet univers qui m'était pourtant inconnu il y a quelques mois.

C'est en exerçant ensuite auprès d'une population féminine que mon métier prit un autre sens. Les femmes en détention sont peu nombreuses mais sont incarcérées pour des faits souvent graves et ce, la plupart du temps, pour de longues années. Le relationnel avec elles est bien différent.

À leur contact, j'ai appris à me connaître et finalement c'est en évoluant avec elles que je pris possession de mon métier et que j'ai su le sens que je voulais lui donner.

Elle s'était habituée à se lever tôt, profitant ainsi de la fraîcheur du matin et des quelques instants de calme avant que toutes les portes ne s'ouvrent et que sa nouvelle journée, la même qu'hier et sûrement la même que demain, ne débute.

Elle avait rapidement compris qu'en prison toutes les journées se ressemblent et que l'oisiveté et le laisser-aller seraient ses pires ennemis. Mais elle se l'était promis, jamais elle ne tomberait dans ces travers.

Très vite, elle a pu accéder à un emploi comme auxiliaire d'étage. Chaque jour, elle répétait les mêmes tâches de ménage et d'entretien et servait les repas.

Elle aussi avait un uniforme, une journée bien rythmée et la satisfaction du travail bien fait.

Ici, elle existait et s'était trouvé une place. Comme moi.

Dans sa vie d'avant, elle était aide-soignante. Tous les jours elle se levait de bonne heure pour aider les autres, prendre soin d'eux, les écouter, les accompagner. Elle aimait son travail et avait le sentiment d'être utile.

Aujourd'hui tout était bien différent.

Qui s'occupait d'elle maintenant ? Qui l'aidait ? Qui l'écoutait ? Bien qu'entourée de monde et dans un brouhaha perpétuel, la solitude la rongeait, mais elle se refusait à la laisser gagner et ne laissait rien paraître.

Depuis qu'elle était ici elle était passée par toutes les émotions, même les pires.

Sa mère n'étant plus là, elle n'avait pour seule famille que quelques tantes éloignées qui se souciaient peu de son sort. Aucun enfant, un autre de ses regrets.

Toute sa vie elle s'était sentie faible, honteuse, écrasée sous le poids d'un secret et d'un homme qu'elle avait pourtant aimé mais qui lui avait fait connaître les pires travers de l'être humain.

Sa vie avait changé. Elle avait changé.

Son sourire s'était peu à peu effacé et elle s'éteignait à petit feu au rythme des coups et des humiliations qu'elle subissait.

Pourquoi n'avoir rien dit ? Pourquoi n'avoir pas eu le courage de partir, de fuir ?

Pourquoi avoir attendu d'être au bord du gouffre sans aucune autre solution que de se débattre, se défendre, se protéger, bref le tuer ?

Tous les matins je la croisais.

Consciencieuse et discrète, elle s'appliquait dans son travail. Tête baissée, elle ne répondait qu'aux « bonjour » et ne s'étendait jamais bien longtemps quel que soit le sujet.

Bien qu'ici depuis plusieurs années maintenant, elle se sentait toujours aussi loin de celles qui l'entouraient.

Pourtant elle aurait aimé discuter, bavarder de tout et de rien, rire, mais avec qui ?

En même temps elle se félicitait de rester dans sa bulle et de se protéger, ce qu'elle n'avait pas su faire avec lui.

Moi j'étais là, je l'observais. C'était notre rôle.

Nous étions toutes impliquées, bien sûr à des degrés différents, dans leur quotidien, qui, par la force des choses, était aussi le nôtre. Nous les connaissions, les écoutions, les conseillions mais aussi les recadrions quand cela était nécessaire.

Ça a été un livre qui fut le déclic pour elle.

J'aimais lire et je découvris qu'elle aussi et ce depuis toujours. C'est en voyant un roman posé sur mon bureau qu'elle osa.

D'abord timidement, elle m'expliquait qu'elle l'avait dévoré en quelques heures et que la fin l'avait déçue, elle l'aurait imaginée autrement.

C'est de là que petit à petit, jour après jour, elle me faisait partager des bribes de sa vie, de son enfance, de ses souvenirs, des anecdotes qu'elle allait chercher au plus profond d'elle-même et qui lui rappelaient qu'elle était encore là, vivante.

Puis elle évoqua son calvaire, sa honte, ses angoisses et ses questionnements car eux aussi faisaient partie d'elle maintenant.

Ici, il n'y avait pas un jour où les pourquoi ne se bousculaient pas dans sa tête, restant souvent sans réponse.

C'est alors que peu à peu elle avait pris conscience que sa vie était finalement comme ce livre : passionnante mais en même temps décevante.

Alors que faire ? Rester là sur une fin inachevée ou en imaginer une autre, différente, captivante ?

Une fin qu'elle aurait maîtrisée.

Elle commença alors à sortir plus souvent en promenade, marchant le long des grilles ou feuilletant un livre au soleil. On lui proposa une partie de cartes. Elle hésita un instant puis accepta l'invitation qui devint au fil des jours un rendez-vous quotidien.

Elle s'inscrivit aux activités et prépara intensivement sa sortie.

Plus que jamais elle voulait sortir de ces murs et vivre. Elle était prête.

Je m'aperçus qu'avec les années, le temps avait fait son œuvre.

Elle avait appris à (re)trouver confiance en elle et en ses choix.

Au départ, comme toutes, elle avait subi la détention et l'enfermement, ne voyant aucune issue, aucun espoir. Puis elle avait fini par accepter et s'était imaginée ailleurs, dehors.

Elle comprit alors qu'elle avait la vie devant elle… sa deuxième vie… celle qu'elle aurait choisie.

L'association Lire pour en Sortir (LPES), créée en 2014 par Alexandre Duval-Stalla et marrainée par Leïla Slimani, auteure et prix Goncourt 2016, place la lecture et l'écriture au cœur du processus de réinsertion des personnes détenues. En 2021, elle est labellisée par le gouvernement dans le cadre de la lecture, Grande cause nationale.

Au 1er septembre 2022, elle propose, au sein de 30 établissements pénitentiaires en métropole et en outre-mer :

- deux programmes personnalisés de lecture dont un dédié au maintien des liens familiaux ;
- l'organisation et l'animation d'activités culturelles collectives (rencontres avec des auteurs, ateliers d'écriture et de lecture à voix haute) ;

– des actions à réaliser en autonomie en cellule dont le concours annuel d'écriture ;
– l'amélioration de l'offre de lecture dans les bibliothèques pénitentiaires par la redistribution de dons de livres ou la gestion directe de bibliothèques.

Les activités s'organisent autour d'une équipe de salariés et plus de 240 bénévoles qui œuvrent quotidiennement auprès des personnes détenues et avec les partenaires locaux.

Développer la pratique de la lecture et de l'écriture en milieu carcéral est un moyen de favoriser durablement le mieux-être, l'apprentissage, la découverte de nouveaux horizons des personnes détenues. Cela contribue ainsi à l'autonomisation des personnes détenues dans leur parcours de détention et prépare durablement leur réinsertion sociale et professionnelle.

Pour en savoir plus, rendez-vous sur www.lirepourensortir.org
Le concours 2021 a été organisé avec les soutiens particuliers
de la Fondation Humanités Digital et Numérique
et la Fondation Jan Michalski.

HUMANITÉS DIGITAL NUMÉRIQUE

FONDATION JAN MICHALSKI POUR L'ECRITURE ET LA LITTERATURE

LIRE POUR EN SORTIR
La réinsertion par la lecture

www.lirepourensortir.org
5 rue de Castiglione 75001 PARIS
01.76.21.53.52

Composition et mise en pages
Nord Compo à Villeneuve-d'Ascq

MIXTE
Papier issu de sources responsables
FSC® C003309

L'éditeur de cet ouvrage s'engage dans une démarche de certification FSC® qui contribue à la préservation des forêts pour les générations futures.

Pour en savoir plus :
www.editis.com/engagement-rse/

Achevé d'imprimer par
Normandie Roto Impression s.a.s.
61250 Lonrai (Orne)
N° d'imprimeur : 2203154

Imprimé en France